Idosidade

CRÔNICAS DE UMA MULHER NEGRA PARA INSPIRAR TÂMARAS

Idosidade

CRÔNICAS DE UMA MULHER NEGRA PARA INSPIRAR TÂMARAS

Lenny Blue de Oliveira

MATRIOSKA
EDITORA

Diretora Editorial: Luciana Félix
Diretora Comercial: Patrícia Melo
Copidesque e preparação de texto: Equipe Matrioska Editora
Editoração: Marcelo Córreia
Ilustrações e capa: Anna Zeferino

Matrioska Editora
Atendimento e venda direta ao leitor:
www.matrioskaeditora.com.br
contato@matrioskaeditora.com.br
facebook.com/matrioskaeditora
instagram.com/matrioskaeditora

Dados Internacionais de Catalogação na Publicação (CIP)
(Câmara Brasileira do Livro, SP, Brasil)

Oliveira, Lenny Blue de
Idosidade : crônicas de uma mulher negra para inspirar tâmaras / Lenny Blue de Oliveira ; [ilustrações e capa] Anna Zeferino. -- São Paulo : Matrioska Editora, 2024.

ISBN 978-65-84999-42-8

1. Crônicas brasileiras 2. Envelhecimento 3. Feminismo 4. Mulheres negras na literatura 5. Política 6. Sexualidade I. Zeferino, Anna. II. Título.

24-220993 CDD-B869.8

Índices para catálogo sistemático:

1. Crônicas : Literatura brasileira B869.8

Cibele Maria Dias - Bibliotecária - CRB-8/9427

Impresso no Brasil

2024

Sumário

Idosidade

Dos tempos da pandemia

Ancestralidade e espiritualidade

Apresentação

'Não sabes que a fome de um autor é ser lido e expelido?'

Alba Atroz

O ofício da escrita surgiu como necessidade de escrever o que não sou capaz de dizer. Desde sempre, me lembro escrevendo com a velha mania de poetizar a vida.

Mas, imbuída da autossabotagem de não me considerar escritora (a crônica *Quilombo da escrevivência* traduz essa sensação), demorei a mostrar meus textos ao mundo. Até que, emocionada com a grandeza e ancestralidade da Festa da Boa Morte (crônica *Sagrados Encantos de Cachoeira*), ousei alinhavar umas linhas que alavancaram meu ofício.

Desde então, uso a pena como cura (crônica *Escrevivência... a pena como cura*). E as letras, como bordado, vão delineando meu sentimento ante a diversas situações e emoções. E fui recebendo os presentes das publicações eventuais, que matam minha fome de autora. Daí em diante, minha escrita é um ato político, denunciando e protestando com a autoridade do meu lugar de fala, passeando em temas que me são caros. As crônicas *Eta, branco sujão, Pretas e presas em casa, E eu... sou uma fraude* sangram as mazelas do racismo estrutural, do idadismo, da escravização moderna e violência contra a mulher. Celebro a alegria da conquista jurídica da adoção inusitada em *Qualquer maneira de amor – Duas mães*. Reverencio meu filho, família e ancestralidade com *Eta branco sujão* e *Torta de escarola*. Conto histórias do feminismo negro com *Embrião do Mulherio* e *Ser de sorte é o vivente*. Eternizo as Mestras Suely Carneiro, Lélia González, Sonia Leite e Angela Davis nas crônicas: *Akikanju, Somos Lélia* e *Sigo, te seguindo Lélia, Ode* à *Sonia* e *O Coração do Brasil está na Bahia*. Sem mais 'spoiler', conto minha trajetória e ativismo político em *MNU – Pele que habito* e aclamo a idosidade em *Convide uma velhinha para o bloquinho, Mulheres Pretas Idosas... importam*, e *Gozar com a Mente*.

Meu presente da idosidade foi ter a boa sorte de caminhar com mulheres irmãs e mestras que se emocionaram com minhas escritas e me instigaram a publicá-las. Falo da amada mestra, Bianca Santana, generosa no seu ofício, que ajudou a parir a crônica *Eta Branco Sujão* em 10 minutos, tão somente. Falo das amadas Rosana Rufino, que literalmente pegou na minha mão no caminho da escrita, e Lazara Carvalho, que se emocionou na leitura de um texto. Zara, como gosta de ser chamada, chora à toa, é emoção pura e viva, mas me convenceu de que os textos tinham que ser lidos. Ambas, como em uma só, me abraçaram em espiral e me inspiraram nessa ousadia. Por fim, a amiga amada Ana Flávia, exímia jornalista, que em tempo não muito distante captou o instante de minha escrita em guardanapos de papel e me presenteou com o 'caderninho vermelho', com o conselho: 'escreva os insigths a qualquer hora e tão logo sairá um belo livro'. Gestei com vagar, prazer e emoção... e suave e bluesmente pari *Idosidade*.

Quiçá, gostem.

Prefácio

Bianca Santana

Aquele sábado de 1981, quando Lenny Blue foi com a cria no canguru fazer faxina num sobrado da Alameda Olga pra levantar um trocado, nunca saiu da minha mente. Não que eu tenha testemunhado o momento, nasci em 1984. Mas, ao ler seu conto – relato de literária escrevivência, no meio da pandemia, senti o cheiro do removedor e ouvi a voz da patroa que queria humilhar. As palavras bem escolhidas na narrativa envolvente me levaram praquela casa amarela e pra raiva de Lenny Blue, que cozinhou aquilo por 40 anos, até disparar a lança afiada que me marcou. A escrita de minha mais velha tão admirada e amada é cura, mas também é vingança. E como agradeço por isso.

Neste livro, fui ao encontro que criou o grupo de mulheres pretas do MNU, em 1978, e pra um boteco onde minha amiga idosa ficou invisível pra juventude que mais quer close que relação profunda.

MNU, pele em que habita Lenny Blue, é o movimento social negro mais importante deste país, que inaugurou o movimento negro contemporâneo, que me educa e me convoca todos os dias. Que honra estar conectada – e ser respeitada, a ponto de contribuir com este livro – por essa mulher que esteve nas escadarias do Municipal naquele 7 de julho de 1978, arrastando multidão em plena ditadura militar, essa mulher que participou dos encontros sobre os quais li e ouvi, cuja importância dimensiono, a quem agradeço por ter construído as bases para a minha geração.

Receita de torta de escarola com manifesto da importância de mulheres negras idosas. Textos saborosos e bem escritos, com a liberdade formal das grandes escritoras. Quando Lenny Blue está triste, ela canta. E por sangrar bordando letras, ela se levanta escrevendo. Goza com a mente enquanto escreve com a alma, e por isso nos dá de presente este livro e o legado de sua luta tão genuinamente corporificada e sentida.

Colher conquistas com Lenny Blue, não como tâmaras plantadas há séculos, mas como abacate que dá fruto rápido e nutre a memória, é uma honra. Poder testemunhar e celebrar sua escrita é mais do que cabe em palavras.

Obrigada, mestra.

Somos Lélia!

Somos Sonia Leite!

Boa leitura!

Prefácio

Rosana Rufino[1]

Envelhecer é um processo inevitável, mas a maneira como cada um de nós trilha essa jornada é única, repleta de experiências que moldam e transformam nossas vidas. ***Idosidade: Crônicas de uma Mulher Negra para Inspirar Tâmaras*** é um testemunho poderoso da intensidade, da perseverança e da beleza de uma mulher que não apenas viveu, mas que desabrochou, tornando-se uma verdadeira fonte de encantamento para cada pessoa que tem a honra e o prazer de conhecer, ouvir ou ler um dos inúmeros textos de Lenny Blue de Oliveira.

Neste livro, a autora nos convida a adentrar o universo particular de suas memórias e reflexões, compartilhando generosamente as nuances de uma vida marcada por desafios, vitórias e, acima de tudo, por um profundo senso de identidade e autenticidade. Como mulher negra, a autora carrega consigo não apenas as marcas do tempo, mas também as cicatrizes de uma luta constante contra o racismo, o sexismo, o etarismo e outras formas de opressão. No entanto, essas crônicas não são meramente relatos de desafios enfrentados; são declarações de poder e de resistência, que falam da capacidade inabalável de se reinventar e de encontrar leveza e alegria mesmo nas circunstâncias mais difíceis.

Cada crônica é uma tâmara (uma fruta que, em muitas culturas, simboliza a fertilidade e a prosperidade que emerge após um longo período de maturação) a ser vagarosamente saboreada. Cada texto nos alimenta com doses de resiliência, paciência, ternura e força. Assim como as tâmaras crescem e se desenvolvem em condições áridas, as experiências compartilhadas pela autora florescem – muitas vezes em um contexto de dificuldades – mas com uma doçura que só pode ser apreciada por aqueles que conhecem o valor do tempo e da persistência. É preciso ler cada página atento à riqueza de detalhes e à delicadeza de cada palavra.

Este livro é um tributo à ***idosidade***, mas vai além disso. É um guia de vida, um lembrete de que o envelhecimento é mais do que o simples passar dos anos; é a culminação de uma vida bem vivida, rica em experiências e em sabedoria. Lenny Blue nos mostra nesta obra, assim como em sua trajetória de vida, que envelhecer não significa desistir ou diminuir, mas sim abraçar uma nova fase de descobertas, de legados, e de deixar uma marca duradoura no mundo.

A ***idosidade***, na visão da autora, é um momento de florescimento, onde as histórias de ontem se tornam pensamentos e ensinamentos que buscam inspirar e guiar aqueles que anseiam caminhar pela jornada da vida com esperança, felicidade e graça.

Como os frutos de uma tamareira, as sementes aqui plantadas não têm pretensão de crescer e florescer imediatamente. Ao contrário, elas foram cuidadosamente selecionadas para germinar no tempo certo, quando as condições forem propícias e o solo estiver preparado. São sementes de amor, empatia e otimismo, prontas para nutrir e inspirar almas – ou tâmaras, como, carinhosamente, Lenny Blue chama aquelas e aqueles que honram o seu legado.

Que as sementes aqui plantadas sejam como frutos doces e abundantes, servindo como um lembrete constante, para aqueles que estão aqui e para as gerações que estão por vir, de que, apesar das adversidades, sempre há novas maneiras de ver e viver a vida.

Que cada leitor possa encontrar em ***Idosidade: Crônicas de uma Mulher Negra para Inspirar Tâmaras***, o entusiasmo necessário para florescer e celebrar a rica tapeçaria de experiências que forma o tecido da vida, lembrando sempre, como nos ensina a autora, que “sonhos não envelhecem”.

E que, ao final, possamos aprender com Lenny Blue a transformar a dor, a luta e os sonhos em poesia, em contos e em encanto.

Com esperança e gratidão pelo caminhar.

[1] Rosana Rufino é mãe do João Pedro. Advogada. Mestra em Ciências Políticas pela FFLCH/Universidade de São Paulo. Presidente, ao lado de Lenny Blue de Oliveira, a Comissão da Verdade sobre a Escravidão Negra no Brasil da OAB Seccional São Paulo (triênio 2021-2024). É Cofundadora do Instituto da Advocacia Negra Brasileira (IANB) e coordenadora do ELO – Incluir e Transformar.

Tamareira, tâmaras

Tamareira Frondosa

"Quem planta tamareiras, não colhe tâmaras."

Ditado árabe

Diz a lenda (velhos adoram lendas), que um jovem abordou um senhor que plantava tâmaras no deserto, perguntando por que perdia tempo plantando-as, já que não conseguiria colhê-las, dado o tempo necessário para a frutificação. O senhor virou e respondeu: "Se todos pensassem como você, ninguém colheria tâmaras".

A pergunta do jovem (a juventude é ávida de respostas apressadas) se deu porque essa árvore demora de 70 (setenta) a 100 (cem) anos para começar a dar os seus primeiros doces frutos, símbolos de paz, prosperidade material e espiritual e abundância.

A resposta do velho sábio foi eivada de símbolos éticos, como respeito ao tempo, empatia e solidariedade. Há que se respeitar o tempo das coisas, sem pular etapas essenciais, sem se apressar. Há que se ter perseverança nos desejos e sonhos. Há que se ter compromisso de cuidar e preservar o nosso mundo para as próximas gerações.

Vem daí minha ousadia na autodeclaração de ser uma tamarineira abundante. Desde as escadarias do Municipal, em 07 de julho de 1978, no ato público de lançamento do MNU – MOVIMENTO NEGRO UNIFICADO, minha militância e meu ativismo têm produzido doces tâmaras. Sim, sem falsa modéstia, vivencio o privilégio de estar ladeada pelas 'mais novas', como tâmaras preciosas com quem tanto troco e aprendo. Bem que reafirmam os símbolos de vitória e bênçãos com a fertilidade no ativismo da luta, com a pauta antirracista, pela democracia e igualdade racial, pela diversidade sexual, contra a violência policial, pelo item cor no censo do IBGE em 1980, pelo Dia Nacional da Consciência Negra, celebrado em 20 de novembro, desmistificando a ideia da democracia racial com o reconhecimento do negro na sociedade, e da necessidade de reparação histórica através de políticas públicas pensadas para a superação do racismo, como as ações afirmativas.

Mas 'a menina dos meus olhos' é ver minhas tâmaras com a plena compreensão da tripla exploração contra a mulher negra, fundamentando a luta que iniciamos em 1978, conforme narra a crônica 'Ser de sorte é o vivente', constante neste livro.

Os tempos mudam. As heranças históricas estão presentes até os dias atuais e os tópicos que compõem o racismo se amplificam e tomam novas facetas com formas sofisticadas de exclusão que não eram visíveis em 1978. Fui moça e, hoje, na idosidade, tento convencê-las acerca do idadismo e a premência de incluir o direito a envelhecer na pauta de luta. E, no tempo da tamarineira, a semente está florescendo.

Sou dessas. Meus olhos brilham na missão inexorável (adoro essa palavra) de plantar, cultivar, inspirar e esperançar tâmaras. Moto contínuo.

Este livro é por elas, por nós, por todas nós.

Cura pela escrita

Quilombo da escrevivência

Desde cedo, num domingo de sol, dia da foto histórica 'Um Grande Dia para as Escritoras'[1], as perguntas 'devo ir?' e 'será que sou escritora?' apertavam minha mente, adiando meus preparativos para sair. Lenta nos preparos matinais, percebi a autossabotagem... levantei e fui. No caminho, pensei: 'que bom estar atrasada, vou perder a foto' – desculpas internas e antecipadas advindas da insegurança. Cheguei ao parque e cessou a inquietude. Como em um espelho, nossos olhares se encontraram e, não mais que de repente, o mulherio negro se aquilombou. Devagar, alegres e coloridas, orgulhosas e ninando nossos livros no colo da escrevivência, nos levantamos, ocupamos nosso espaço, felizes em mostrar ao mundo que sim, somos escritoras.

Nosso primeiro encontro foi pura magia, veloz e denso na troca. Estávamos no quilombo da escrevivência, que dá luz a nossa vida e nos cura. Nossa vida preta está nas letras. Na pena, debruçamos 'a dor e a delícia' de ser mulher preta. Na magia das letras com palavras de cura e libertação, bordamos a resiliência. Eternizamos nossas Ancestrais, contando nossa história à geração que virá. Como legítimas 'portadoras da chama de libertação', espalhamos nosso esperançar nos livros, potencializando a magia das lembranças.[2]

Sim, sou escritora, e não vou me silenciar, minhas letras estão no mundo. Grata sou pelo encontro curativo e frutífero de amor e pelo Quilombo da escrevivência. Viva a escrita feita por Mulheres. "Axé Muntu" como diria a mui amada Ancestral que me norteia, Lélia Gonzalez.[3]

[1] Grande Dia das Escritoras - Movimento que fotografou 2,3 mil escritoras em 52 localidades do Brasil e do mundo em 2022, em evento realizado na Feira do Livro,, no ginásio do Pacaembu, em São Paulo, com foto das escritoras, inspirada no Grande Dia do Harlem https://revistazum.com.br/radar/grande-dia-harlem, celebrando e reforçando a grande presença e diversidade de mulheres na literatura brasileira. Em junho de 2023, foi lançado o livro 'Um Grande Dia para as Escritoras', de Deborah Goldemberg, Esmeralda Ribeiro, Giovana Madalosso, Paula Carvalho, Sony Ferseck (Org.) pela editora Bazar do Tempo. Instagram: @grandediaescritoras

[2] Gonzalez, L. *Primavera para as Rosas Negras*. São Paulo: Ed. Diáspora Negra, 2018.

[3] Axé Muntu é uma expressão de saudação criada por Lélia Gonzalez, misturando as línguas ioruba, axé = poder, força, energia; e quimbundo, muntu = tudo de bom. Lélia Gonzalez é antropóloga, filósofa, feminista, professora, ativista e cofundadora do MNU - Movimento Negro Unificado (1935-1994).

Esperançar

Escrevo... logo sinto a fagulha da inquietude
que só desvanece com o bordar das letras e sonhos.
Quiçá, fluam leves para olhos e alma de quem as lê
e sejam portais de meu insistente e, por vezes, irritante esperançar.
Mote de vida herdado de minhas sábias Ancestrais,
que nos navios negreiros criavam nas Abayomis sonhos alegria e felicidade;
E no trançar dos azeviches fios de suas crias
trançavam, traçando rotas de lutas, resistência... enraizando sonhos.
Como flechas certeiras, guiam o caminho de meu hesitante lápis aprendiz,
sussurrando mantras de fé e liberdade; que de joelhos ouço. E sigo
Avivam nosso esperançar...

AXE MUNTU[1]

[1] Expressão de saudação criada por Lélia Gonzalez (1935-1994) – antropóloga, filósofa, feminista, ativista e cofundadora do Movimento Negro Unificado – misturando as línguas ioruba, axé = poder, força, energia; e quimbundo, muntu = tudo de bom.

Feminismo negro

Akikanju – Ode à Sueli Carneiro Maat Hotep[1]

No recôncavo, na sagrada cidade de Cachoeira, às margens do Rio Paraguaçu, também chamado de Rio da Oxum, nasceu a Irmandade Ilú Obá de Min. O arranjo ancestral foi confirmado no cortejo de fé com a sagrada Irmandade da Boa Morte[2]. O caminhar era embalado pela reza silenciosa, quebrada por vezes com canto de fé e devoção e nos impregnamos na egrégora transformadora da Irmandade da Boa Morte, exemplo de fé e resistência na missão. Inspiradas na missão, nos descobrimos irmãs e, como Irmãs, hoje marchamos em sua femenagem.

Hoje, no solo sagrado, como chamamos essa escadaria – eis que aqui perpetuou-se a resistência do povo negro desde o quilombo, com o batismo do MNU – Movimento Negro Unificado. Como no ritual Gelede[3], cortejamos em homenagem à poderosa Iyami,[4] movida e forjada no ferro vigoroso de Ogum e na força transformadora de Oxumaré. Dançaremos sua sabedoria ancestral e quiçá nosso canto louve a dimensão de seu caminhar, que eternizou a compreensão que alicerça nosso mote contínuo.

O Ilú Oba de Min – mulheres que tocam o tambor para Xangô, há 19 anos, vem às ruas marchar com histórias de mulheres negras que, como espelhos, nos inspiram. Hoje, nossos tambores irão rufar como mantra seus pensamentos[5] sobre epistemicídio, biovida, feminismo negro, movimento negro, movimento de mulheres negras, racialidade, assujeitamento, resistência, Dublin, abaixo o racismo e... sua bravura. Com a dança, escrevemos no ar seus fundamentos e cravaremos na terra como palavras de ordem. Nossa femenagem irá ecoar no Universo.

Como ancestrais encarnadas, sob as bênçãos das Deusas que nos inspiram na idosidade e sob sua referência, vamos descerrar os entraves com canto e dança, porque acreditamos que outro mundo é possível, e que nós negras e negros temos um projeto de nação, justo, igualitário e democrático e inclusivo. Com aliados de qualquer etnia, cor, raça, que acreditarem em outro projeto de país, e que abram mão dos privilégios com ações afirmativas reais em prol de nossa luta.

"Vamos ocupar todos os espaços nossos por direito! Vamos garantir o direito de sermos livres e donas de nossos corpos, sem nenhuma interferência de fundamentalistas de qualquer natureza. Marchamos pela construção de um novo marco civilizatório, que seja antirracista, anticapitalista e que contemple as mulheres negras de forma estrutural. Não há mudança real que não passe por nós, mulheres negras! Vamos fazer valer nossa luta pelo Bem Viver, aclamado por mulheres negras de todo Brasil na Marcha de 2015. Por nós, por todas nós, pelo Bem Viver!"[6]

Siga como cavaleira arguta "tal como ovelha sábia, que amamenta seu rebanho de pé vigiando os caçadores que se aproximam."[7]

AXÉ MUNTU[8]

[1] MAAT HOTEP – saudação kemética, Hotep é uma palavra egípcia que significa "estar em paz", e nos convida a ficar em paz, em equilíbrio.

[2] A Irmandade da Boa Morte é uma confraria religiosa afro-católica brasileira. Constituída apenas por mulheres negras, mantendo sua tradição com força e beleza, preservando traços característicos das memórias e cultura material e imaterial afro-brasileira. Alusão à celebração, devoção e o culto a Nossa Senhora da Boa Morte, realizada no mês de agosto em Cachoeira-BA, com laços comuns que remetem aos ritos de morte vida, laços que remetem às Iyabás do Candomblé ligadas à morte e à vida: Nanã e Iansã Iemanjá e Oxum, que têm um ponto semelhante à Morte e à Assunção de Nossa Senhora.

[3] Vertente iorubana de culto aos ancestrais femininos. Designa o Geledes, Instituto da Mulher Negra, entidade do movimento negro de orientação feminista fundada em São Paulo em 1988, por Sueli Carneiro. Disponível em: https://www.africaeafricanidades.com.br/documentos/12022011_19.pdf.

[4] A Sociedade Geledé, integrada por homens e mulheres, cultua as Ìyagbà, também chamadas Iyami, que simboliza aspectos coletivos do poder ancestral feminino, propiciando a expressão de poderes místicos femininos, favorecer a fertilidade e a fecundidade, reiterar normas sociais de conduta e atrair o axé.

[5] Pensamentos de Sueli Carneiro contidos na tese "A construção do outro como não-ser como fundamento do ser" (2005), bem como em diversos livros e em cerca de 150 artigos em publicações.

[6] Manifesto da Marcha das Mulheres Negras de São Paulo – 07/2018.

[7] Provérbio Barolong Zulu.

[8] Expressão de saudação criada por Lélia Gonzalez, misturando as línguas iorubá (axé – poder, força, energia, tudo de bom) e kimbundo (muntu – gente). Disponível em: http://www.letras.ufmg.br/literafro/autores/11-textos-dos-autores/1711-griot-guerreiro.

Aquilombando com narrativas da liberdade

Privilégio o 'caminhar com irmãs' no curso de formação política para mulheres negras *Narrativas da Liberdade*. Força motriz da MARCHA DAS MULHERES NEGRAS – SP, o curso é voltado às mulheres de periferia, e aborda temas que reafirmam o bem viver como baluarte na luta contra o racismo e pela igualdade racial.[1]

O 'bem viver', mote da Marcha das Mulheres Negras, é a filosofia de vida que abre as portas para imaginar outros mundos possíveis. Ante o momento de atual crise no capitalismo mundial, o bem viver se configura fundamentando teorias para reconstrução de uma nova sociedade civilizatória, com outros mapas conceituais e territoriais; outros tipos de Estados, embasados pelo respeito à pluralidade e diferenças regionais. Com o bem viver, se fortalecem os baluartes da democracia, a saber, liberdade, solidariedade e igualdade, onde não há lugar para intolerância. Em sociedades como a nossa, a construção do bem viver é uma necessidade, para dar respostas a temas como desigualdade racial e social.

Os temas abordados no curso eram pertinentes à autogestão feminista em todos os níveis, entrelaçados com o 'bem viver', rumo à construção de uma vida em harmonia com a natureza, consigo e com o mundo, e em prol de "um mundo de homens mais felizes e mulheres mais felizes, mais autênticos consigo mesmos".[2]

"Tampouco um caminho traçado, nem uma alternativa definida. Há que construí-los"[3]. E assim foi. No caminho do *Narrativas da Liberdade* se construíam discussões com temas como violência doméstica, autonomia financeira, política, história, filosofia, feminismo, espiritualidade, cuidado e autocuidado. Como as Ancestrais, nos sentamos em rodas em genuína comunhão e troca de afeto, ouvindo atentamente e interagindo com as sábias e generosas palestrantes.

Só para citar algumas, Keli de Oliveira nos falou sobre o árduo caminho da violência doméstica, humilhações e desserviços nos espaços de denúncia da Lei Maria da Penha[4].

A magia curativa das ervas foi abordada por Cris Roseno[5], com dicas para conectar nossa ancestralidade e usar flores e ervas para despertar o poder feminino, a autocura e o amor próprio, com simples práticas ancestrais como banho de assento e escalda-pés com ervas mágicas para o tratamento preventivo das doenças e cuidar da saúde das mulheres de forma física, energética e espiritual.

O genocídio e os pilares do encarceramento foi abordado por Gabrielle Nascimento, alertando para a violência policial, humilhação, pobreza, violência, e os espaços territoriais de luta e resistência.[6]

Chegou a minha vez, e tive a alegria de monitorar a prática milenar da Medicina Chinesa Tai Chi Pai Lin, que tem como lema longevidade e saúde, e harmonizar espírito, corpo e mente com a natureza. Com gestos suaves e harmoniosos, meditamos no bailado do Tai Chi, captando e interagindo com a energia do Universo.[7]

No encerramento, corpo e alma em harmonia; saciadas e felizes com a troca intensa; Caroline Amanda Borges nos presenteou com o mágico momento de resgate dos saberes ancestrais, para autoconhecimento e cura interna.[8]

Entre risos e lágrimas, crianças e cachorros, intensos e inúmeros abraços e toques de carinho, nos fortalecemos no convívio com Irmãs que generosamente trocavam saberes com cuidado e atenção. Perseguindo as palavras de Neusa Santos Souza: "saber-se Negra (...) é também, e sobretudo, a experiência de comprometer-se a resgatar sua história e recriar-se em suas potencialidades". O projeto Narrativas da Liberdade constrói espaços coletivos de afeto e trocas, de acolhimento e escuta, de fortalecimento de laços e memórias e constituição de uma identidade.

Narrativas da Liberdade – 'projeto que traz a espada e dele vamos florescer outras ferramentas de luta'! Ubuntu!

[1] MARCHA DAS MULHERES NEGRAS DE SÃO PAULO – Organização coletiva de mulheres criada em 2016 na luta contra o racismo, sexismo, todas as formas de opressões e pelo Bem Viver.

[2] Chimamanda Ngozi Adichie (Livro *We Should All Be Feminists*).

[3] Alberto Flores Galindo (1949 –1990). Intelectual da história contemporânea do Peru; Obras Completas, SUR, 1995.

[4] Gabrielle Nascimento – Pesquisadora da Criminologia Crítica.

[5] Cris Rosendo – Terapeuta Holística em Ginecologia Natural.

[6] Lenny Blue de Oliveira – Advogada, escritora, ativista do Movimento Negro e de mulheres, 1ª Vice-Presidenta da Comissão de Verdade e Memória da OAB-SP, Monitora de Tai Chi Pai Lin.

[7] Caroline Amanda Borges – Graduada em Ciências Sociais e mestranda pelo Programa de Pós-Graduação em Filosofia pela UFRJ. Líder do Yoni das Pretas.

[8] Neusa Santos Souza, psicanalista, psicóloga, jornalista, ativista, (1948-2008). Livro *Tornar-se Negro*, 1983, Ed. Graal.

Irmandade das mulheres que tocam o tambor

Alinhavada há tempos pelos Orixás, nossa Irmandade foi batizada às margens do Rio Paraguaçu.

Só podia ser lá, na imponente e sagrada Cachoeira[1] heroica na luta pela independência; com suas praças, igrejas, casario barroco com fachadas coloridas desembocando no rio, casa de Oxum, que bem que abençoou, ninando nosso bailado. Ogum nos catulou e guiou sob os trilhos da lúdica e majestosa Ponte D. Pedro II. Com colunas de ferro vazadas e dispostas em X, seus dormentes soltos são repouso dos trilhos, e vibram ante a passagem dos trens e carros. Diz a lenda que o som é para assombrar forasteiros desprevenidos – quem o sabe? Só sei que o arranjo ancestral foi confirmado no cortejo de fé e devoção com a sagrada Irmandade da Boa Morte.

Após a missa que enalteceu a luta e a resistência da mulher na busca da força interior e fé para uma 'boa vida' e 'boa morte', nossos passos nas ladeiras e paralelepípedos eram como reza silenciosa, quebrada por cantos de fé e devoção. Preencheu nosso espírito na concretude do pertencimento. Impregnadas pela vigília e inspiradas na missão: renascemos Irmãs.

O segundo batismo da Irmandade Ilú Oba de Min[2] foi igualmente sagrado. As mulheres que tocam o tambor para Xangô entoaram com alma e danças a energia nas cores vermelho e branco. O clamor dos tambores confirmou o alafia das Deusas na catarse de pertencimento. Ancestrais encarnadas, saudamos as Irmãs que já se foram e que seguem nos guiando. Com a alma, ouvimos palmas do Orun, aplaudindo o batismo e o mimo da lembrança. Enrodilhadas como comadres, irmãs, amigas 'de perto ou longe tão perto', seguimos ancoradas na fé.

[1] Cachoeira, cidade do Recôncavo baiano, cortada pelo Rio Paraguaçu; sede da Irmandade da Boa Morte, confraria religiosa afro-católica brasileira que organiza em agosto a Festa da Boa Morte.

[2] Ilú Oba de Min, 'mulheres que tocam o tambor para Xangô', bloco formado por 400 mulheres, que abre o cortejo do Carnaval em São Paulo, com temas enaltecendo a trajetória de mulheres negras.

Ode à Sonia[1]

Na derradeira despedida, caminhamos com flores de diversas cores, perfumando e homenageando o caminho da nossa Ancestral. A passos lentos como as imagens do abençoado convívio, que, como filme, brotavam em nossas mentes e corações celebrando sua veloz passagem em nosso tempo.

Na incansável tentativa de acalmar a alma inquieta ante aos inevitáveis e infindos 'porquês', quedamos em silêncio. E não mais que de repente, iniciamos a metamorfose. Nosso coração estava ávido de amor e preparamos a ceia como em prece. A 'velha guarda' (era assim que ela nos chamava) orgulhosamente presente, lembrando os momentos de risos, as viagens, as discussões políticas, os segredos d'alma trocados.

Obedecemos ao preceito ancestral de celebrar em volta do alimento sagrado e entre abraços, cheiros, cores, sons, curtimos a saudade eterna com lembranças de suas admoestações de líder, como mantras de sabedoria. Sempre presente nas nossas eternas lembranças e nas mensagens de esperançar de igualdade e de fé.

Hoje, marchando com as mulheres, seguimos seus passos e entoamos o mantra:

"Vale a pena acreditar que a luta racial, junto com a luta contra o machismo, capitalismo e patriarcado, transforma!".

Presente... Sonia Regina de Paula Leite (com José Oliveira, Débora Rosa da Silva, Krika Mattos, Eloisa Eduarda Chaves França, Regina Helena dos Santos Silva).

[1] Sonia Leite, militante da Coordenação Nacional de Entidades Negras – CONEN, da Articulação Sindical e Popular das Mulheres Negras e do Partido dos Trabalhadores. Escritora, poeta e articulista política.

Reflexo no espelho

Quero tanto que você me olhe! Não só para o meu rosto, para a alegria do meu sorriso ou para a profundeza da emoção do olhar, mas quero que você olhe para o que você enxerga em mim!

Por que não me olha? Por que não quer se enxergar em mim? O que te causa medo? Sua impotência, que também é minha, ante a árdua missão? Como você, também tenho medo de percorrer os árduos caminhos do silenciamento imposto.

Bem sei... tens medo de se ver em mim, um ser tão frágil, desejosa de te dar para te perceber, cheia de interrogações, desejando te ter ao lado na minha fé, nas dúvidas acerca da maternidade, na minha solidão imposta.

Quero tanto te dizer que com a minha linguagem tão cheia de vícios, tal como você, quero atingir a alma de nossas irmãs, a busca do equilíbrio que irá nos conduzir ao termo comum do caminhar.

Através de você quero saber de mim, dos meus rumos, caminho, vida e do meu amor.

Fico receosa quando você vem e me fala frases feitas onde não te sinto; quando você me julga tão somente pela linha partidária ou corrente política e então fico cheia de vontade de te dizer que sou sua irmã, sua companheira, e que nada disso me importa. Para mim, basta que você se preocupe com a nossa opressão, nossas contradições, nossos temores impostos, nossa solidão e com a nossa voz cada vez mais silenciosa.

Basta que você se aperceba no quanto somos instrumentos, e confie em mim, trabalhe comigo de mãos dadas na grande frente de resistência na organização das irmãs negras do mundo.

Basta que eu sinta seu corajoso olhar de reconhecimento e solidariedade com a compreensão e aceitação por estarmos em diferentes frentes de ação.

Basta que você me olhe sem o rancor alimentado pela sociedade machista e competitiva, sem desconfiança, temor ou rivalidade.

Como você, sou tantas e quantas e, quando peço para me olhar, é no desejo de que nossos olhos brilhem na visão e na descoberta que somos tão iguais e diferentes e que só por isso falamos a mesma língua, temos dores, angústias, histórias iguais.

E na consciência do reflexo do espelho d'alma, celebraremos a felicidade de sermos pura e simplesmente irmãs, que de mãos dadas no moto contínuo espalham a alegria do esperançar com respeito e amor.

Sim... eu quero ser seu espelho tão somente porque te vejo em mim!

Observação: música tema da crônica - *Dark Truths* https://www.youtube.com/watch?v=dx5xFKU7syw.

Qualquer maneira de amor ou duas mães

Eles se amam de qualquer maneira, à vera Eles se amam é pra vida inteira, à vera Qualquer maneira de amor vale o canto Qualquer maneira me vale cantar [..] Qualquer maneira de amor vale aquela Qualquer maneira de amor vale amar[..] Qualquer maneira de amor vale à pena Qualquer maneira de amor valerá .

(Paula e Bebeto, canção de M. Nascimento)

Era uma vez um casal que vivia o amor em perigosos tempos. Afinal, nos idos dos anos 1980, o amor entre mulheres inexistia legalmente, era ainda velado e eivado de toda sorte de preconceitos, à mercê de comentários curiosos, sentimentos divergentes e intolerância.

Se conheceram no curso de pós-graduação em Psicologia. O então bebê, Pedro, também ia ao curso com sua mãe Rosaria – deleitosamente, era cobaia das massagens que recebia nas práticas teóricas. Com a proximidade constante, a fagulha do amor alcançou seus corações e foram viver 'como se casadas fossem', e tão somente 'por amor ao amor', legalizaram oficialmente o caminhar em 2013.

Desde sempre, da vida tudo compartilhavam, e no farnel de amor estavam inclusos a educação e manutenção de Pedro. Rosaria era mãe atenta e carinhosa, porém exercia com louvor e intensidade a sua profissão de Oficial de Justiça, cumprindo mandados em plantões, dias e horas inusitados, finais de semana. Entrementes, Daisy exercia com profundo amor, êxito e alegria a função de segunda mãe, participando efetivamente no acompanhamento escolar e médico.

Pedro, assim foi criado. Em pleno equilíbrio familiar alicerçado na ética e no amor, com decisões conjuntas e profundas interações afetivas e reais no ramo familiar de ambas. Tanto é que tornou-se um iluminado Homem, sensível e espiritualizado, portador de princípios de benevolência, fraternidade, compaixão e solidariedade, além de profundamente comprometido com a sua Ancestralidade. Pedro se apaixonou por Fabiana (bela mulher do axé, dona de talentos manuais) e, juntos, deram vida ao 'índigo' ser Aiyra, que preenche a vida de todos com amor e com a alegria de seu bem viver.

O Sagrado me trouxe Pedro -- não existem coincidências na nossa fé. Emocionei-me e encantei-me com a história e seu pedido. Queria que Daisy fosse sua segunda mãe, legalmente, e não poderia ser diferente. Desde os primeiros passos, sua referência de vida era o amor de Daisy e Rosaria, que moldou seu caráter e caminho.

As tocantes fotos de passeios em parques com Daisy o embalando no pêndulo do balanço, dos passeios ao zoológico, da alegria do primeiro e tantos outros banhos de mar, o rosto ranzinza com o caderno na mão no primeiro dia de jardim de infância, os vários festivos e alegres aniversários, a timidez do dia da formatura, a magia do *réveillon* e tantas e outras viagens bem afirmavam a solidez familiar embasada tão simplesmente pelo amor.

Quanto ao seu genitor, não o reconheceu legalmente e dele tem vaga lembrança face ao pouco convívio. Por terceiros, soube que havia morrido.

Daisy recebeu o pedido de oficializar o arranjo familiar como um 'prêmio ao amor', que bem explodia nos olhares eternizados pelas fotos.

Na ação de Adoção de Maior, a manifestação do representante do Ministério Público foi no sentido de que *'considerar as novas relações familiares significa respeito ao princípio da dignidade da pessoa humana' [...]* e que face ao *'interesse individual e indisponível do pedido, de rigor o deferimento'*.

O Meritíssimo Juiz, sensível e comprometido com a realidade social e com a consciência de uma sociedade de formação humanística, bateu o martelo ante ao pedido e reafirmou na sentença de procedência da ação: *[...] 'a adoção é um ato de amor'*. Com licença poética, acrescento: amor que não habitou o ventre, tampouco foi plasmado no sangue, mas que se alimentou do mel dos sonhos; impetuoso se embrenhou nas entranhas da alma, ali vingou e por fim assentou-se.

Quanto a mim, abençoada sou. Nem nos sonhos mais distantes, imaginaria que o exercício da missão escolhida seria um instrumento para desmistificar o preconceito acirrado que paira sobre o que é diferente.

A adoção de Pedro é prova de que 'influência 'inadequada' é balela, além de ser um testemunho de que, ao contrário, o exemplo de amor, respeito e ética, que deve ser comum a qualquer tipo de arranjo familiar, foi o mote gerador para seu pedido de adoção. Pedro teve como privilégio vivenciar tais atributos no âmbito familiar de suas mães, Rosaria e Daisy, e adquiriu o legado de os repassar a sua rebenta, princesa Aiyra, que em tupi-iguarani significa Filha.

Sigo grata e feliz da vida pelo mimo que ganhei da Ancestralidade: sinal de que por 'eles' sou teleguiada no exercício do Direito, sonho que não envelheceu! Parafraseando a Mãe Daisy, (Pedro a chama assim)... 'esperamos que isso possa ajudar e contribuir para um mundo com menos preconceito e mais liberdade afetiva!'

É esse o mundo que queremos para a Princesa Aiyra, que reina entre suas três avós, desde já vivenciando o respeito à diversidade sexual, à pluralidade social, às diferenças. Aiyra, desde cedo, sabe que 'qualquer maneira de amor vale a pena'.

‘O coração do Brasil... está na Bahia!’

“quando os momentos felizes se aproximam, nós temos que saborear devagar, senão eles somem, demorando o tempo de outros.”

Aidil A. Lima, *Mulheres Sagradas,* Cachoeira I Portuário Atelier Editorial I, 2017

E assim foi. Os momentos felizes ouvindo Ângela Davis[1] na noite fria e céu aberto do Parque do Ibirapuera, em São Paulo, ‘foram saboreados devagar (...) para não sumir.’

Visivelmente emocionada, em um discurso memorável para milhares de pessoas ávidas por seu arauto de esperança; desfilou perfeita análise conjuntural do atual momento político internacional. Reafirmou ser a democracia capitalista global discriminatória, indicando comportamentos racistas por parte de países que se apresentam como democráticos, citando exemplos dos Estados Unidos e França.

A democracia que se 'vende' é para a minoria, exclui mulheres e homens negros, com uma política de segurança pública que serve de pretexto para matar negros[2], pregando a abolição do sistema carcerário, não à forma do sistema carcerário.

Enfatizou o fato de que a luta pela democracia abrange todos os segmentos, e que, por isso, deve abranger a exploração econômica, xenofobia, movimento lgbtq+, porque só a conceitualização global e universal transforma as desigualdades. Delineou que "quando falamos de interseccionalidade, estamos tratando da universalização da luta..." e afirmou "ser grata à comunidade LGBTQ+ e à comunidade *trans*, que sempre lutaram contra o racismo".

A luta contra o racismo não pode estar desvinculada, por exemplo, da luta pela preservação do meio ambiente, tendo em vista que nas regiões afetadas pelo dano socioambiental concentra-se a maior população de afrodescendentes.

Sua afirmação é extremamente atual. Ribeirinhos e pescadores afrodescendentes[3] têm suas vidas diretamente impactadas pelo vazamento do óleo nos mares tupiniquins e são impossibilitados de obter seu sustento e alimento com a consequente contaminação dos peixes. Os mutirões de limpeza organizados por voluntários, tendo em vista a omissão do governo, são, em sua maioria, compostos por negros e negras. Os problemas de saúde dos moradores e a omissão do governo com a ausência de políticas públicas nesse sentido, reforçam o racismo estrutural e ambiental, símbolos históricos da sociedade brasileira.

No tocante à igualdade, salientou a importância de sabermos 'que igualdade queremos', sendo certo que não deve ser pautada no atual modelo capitalista da supremacia masculina, branca, alfa, dominante, mas à base do modelo quilombola herdado de nossos Ancestrais, com significativas transformações em prol da justiça e democracia.

Exercitando a dororidade e literalmente seguindo seu mote, 'levantou as mulheres negras' com cumplicidade, citando a Marcha das Mulheres Negras como marco do Feminismo Negro e o 'Bem Viver' como novo modelo transformador e novas possibilidades. Citou estudiosas negras da questão racial no Brasil (Lélia Gonzalez, Sueli Carneiro, Luiza Barrios, Conceição Evaristo e outras) como inspiradoras de sua luta, com a máxima de que "nada temos a buscar nos Estados Unidos", já que possuímos vastos estudos sobre as teorias feministas produzidos por intelectuais negras brasileiras.

"O coração do Brasil está na Bahia", falou enternecida ao reconhecer seu óbvio idílio com a Roma Negra e seu amor pelo Brasil, citando encantada suas idas a Salvador, Cruz das Almas e, com amor, citou a mágica Cachoeira, trazendo no olhar o brilho do sol dourado refletido na ponte do Rio Paraguaçu.

Afirmou ter vivenciado genuína alegria e felicidade em um show de Margareth Menezes, quando dançou com a multidão, exercitando "a arte como luta em prol da liberdade", como estímulo para sonhar em prol de um mundo melhor.

"Eu acredito no Brasil", bradou. O Brasil nos ensina a como vivenciar a experiência coletiva da felicidade, e o fato de "superar a violência com produção de felicidade e alegria", é "um presente dos negros e negras para o mundo!"

Como lição de casa, fortaleceu nossa esperança a partir de conquistas, sem esquecer "de onde viemos", com capacidade de superar as circunstâncias políticas do país, dentro de uma pauta negra universalista, revolucionária e anticapitalista, com consciência plena do papel do negro em prol de outros mundos possíveis.

É fato... "quando uma mulher negra se movimenta, toda a estrutura da sociedade se movimenta com ela"! Com suas admoestações, nos movimentamos e nos levantamos no 'seu esperançar'!

Te saudamos com orgulho, respeito e reverência, seguimos seus passos com gratidão, 'nossa Mais Velha'!

[1] Ângela Davis, mulher negra intelectual, norte-americana, professora, doutora em Filosofia, uma das mulheres mais procuradas pelo FBI nos anos 1960 por sua militância pelos direitos das mulheres e contra a discriminação racial e social nos EUA, que lhe renderam anos de prisão e uma condenação à pena de morte. Inocentada, é ícone da luta pela igualdade racial e anticapitalista, proferindo debates e palestras ao redor do mundo. Esteve em São Paulo e Rio de Janeiro para lançar sua autobiografia, publicada pela Editora Bomtempo, em conferências e encontros.

[2] 75,5% das vítimas de homicídios são jovens negros de 15 a 29 anos de idade (Atlas da Violência, 2019); a cada 23 minutos, um jovem negro é morto no Brasil (CPI – Senado, sobre o Assassinato dos Jovens); o índice de mulheres negras mortas por feminicídio aumentou 54,6%, ao passo que o de mulheres brancas diminui 10%.

[3] Quilombo de Mercês – Ipojuca – Litoral Sul – PE; Piaçabuçu, cidade ribeirinha do Rio São Francisco – AL; entre outros.

Movimento Negro Unificado

Embrião do mulherio

Sampa, rua Almirante Marques de Leão, 1978. Tarde de sábado, a saleta nos aguardava. Desta vez éramos nós por nós.

A parca iluminação não ajudava, mas o brilho vital do olhar e sorriso de cada uma que adentrava, trazia a luz com as faíscas de alegria. Com as cadeiras em círculo, como que se de mãos dadas, nos olhamos a dizer: 'E agora? Por onde começar?'

De súbito, o tagarelar do mulherio irrompeu. Instigadas pela amazona de torço estampado de esperança montada em seu cavalo negro como nossa ancestralidade"[1], motivadas por sua fala, inspiradas por sua luz[2], os sonhos se materializaram nas ávidas e atropeladas palavras com a troca dos invisíveis 'ais' e nutrição da alma com o vigor do amor e dororidade.[3] Inflamadas pelo sopro de 'portadoras da chama da libertação'[4], ali surgiu o embrião de um novo momento valorativo no movimento feminista, galgando espaços para as demandas da negra mulher.

Enraizaram a gestação do Grupo de Mulheres Pretas do MNU - MOVIMENTO NEGRO UNIFICADO. Como 'ancestrais encarnadas', seguimos no moto contínuo, nos caminhos e passos que ali começaram, vingaram e seguem. Moto contínuo.

AXÉ MUNTU[5]

[1] Néia Daniel, 1994 - BAIRROS, Luiza, "Lembrando Lélia Gonzalez". In: WERNECK, Jurema et all (org.). *O livro da saúde das mulheres negras* – nossos passos vêm de longe. Rio de Janeiro: Criola/Pallas, 2000.

[2] OLIVEIRA, L. B. Somos Lélia, crônica publicada na Antologia Prêmio Off Flip: crônica\org. Olga Yamashiro, Ovidio Poli Junior. 1.ed. Paraty: Selo Off. Flip, 2021.

[3] PENTEADO, V. *Dororidade*. São Paulo: Editora Noz, 2018. (Dororidade é um termo criado por Vilma Penteado - a dor atravessa a existência e une as mulheres negras na mesma dor e na luta pela libertação plena).

[4] Gonzalez, L. *Primavera para as Rosas Negras*. São Paulo: Diáspora Negra, 2018.

[5] Axé Muntu é uma expressão de saudação criada por Lélia Gonzalez, misturando as línguas iorubá, axé = poder, força, energia; e kimbundo, muntu = tudo de bom.

MNU – pele que habito[1]

Peço licença poética para repetir os versos do Mestre Poeta Griot, Oswaldo Faustino, que bem descreve meu sentimento ao receber a homenagem pelos 45 anos do MNU:

A pele que habito me identifica a quilômetros de distância, me antecede qual seja a chegada... a pele que visto me alerta tanto para os mais doces amores quanto aos inimigos mais ferozes; a pele que me veste traz muitíssimos outros sinais não detectáveis pela razão, mas fundamentalmente sensíveis secularmente![2]

A pele que eu visto traz no DNA a força das Guerreiras Ancestrais! O MNU é a pele que eu habito! Ter feito parte da militância e direção do MNU me selou com uma marca na testa e na vida, que identifica e delineia meu eterno engajamento na luta pela libertação do povo negro, em qualquer instância, em qualquer cidade, em qualquer país, parafraseando o Mestre Lumumba, ora Ancestral.

Eu estava lá, na escadaria do Teatro Municipal no ato histórico de 07/07/1978, onde as sementes de um novo tempo na luta contra o racismo foram lançadas.[3] Também estava lá, nos idos dos anos 1980, no 2º Congresso Feminista da PUC-SP, onde embalada e fortalecida pelas discussões com 'a mais velha' Lélia Gonzalez, na denúncia de que a autonomia das mulheres brancas passava pela exploração do trabalho doméstico de corpos negros, (acrescento hoje que a maioria das mulheres resgatadas em cativeiro eram e ainda são idosas negras) tive o privilégio histórico de invadir, literalmente, o plenário, questionando a sistemática ausência de mulheres negras nas mesas e pautas das discussões.[4]

Parafraseando Sonia Leite, naquele momento 'houve um impasse e um mal-estar, pois não era justificável aquela ausência, a não ser por um não entendimento de que o racismo e o machismo caminham na mesma esteira de opressão".[5] Os movimentos feministas não tinham o recorte racial, tínhamos diferentes demandas. O MNU – SP, através do Grupo de Mulheres Negras, inaugurou, na quele ato, um novo momento valorativo de nossas ações políticas junto ao Movimento Feminista. Dou graças ao resultado e dele me orgulho! Incontestável a liderança das Mulheres Negras como agentes fundamentais na reconstrução do país em todos os segmentos.

Também estava no 1º Encontro Nacional de Mulheres Negras, em 1989, em Valença – RJ; no VIII Encontro

Nacional Feminista em Petrópolis – RJ, em 1986, marcos da evolução histórica do 'mulherio negro'![6]

No MNU, tive o privilégio de participar em todas as instâncias, com heroicos irmãos e irmãs, em discussões e reflexões que embasaram o desenvolvimento da consciência negra e da autodeterminação de nosso povo.

Discordo do dito popular 'quem planta tâmaras não colhe tâmaras'...! O MNU plantou e todos estamos colhendo nossos sonhos. Cotas, ações afirmativas, Lei 10.639/2003, Marcha e Organização Nacional das Mulheres Negras, conceituar racismo e injúria como crime e Estatuto da Igualdade Racial são algumas das 'tâmaras', conquistas desses 45 anos que legitimam o papel único do MNU na luta contra o Racismo.

E, nesse momento histórico, sou grata ao MNU que semeou na minha alma o amor pelo Direito, projeto pessoal que concluí com orgulho e honra e humildade, dedicando meu trabalho à defesa dos direitos arduamente conquistados pela classe social a que pertence a maioria do povo negro! Ainda falta muito – somos muitos quando juntos! Desconstruir o racismo estrutural dá trabalho!

Enquanto Operadora de Direito, o mote é a inclusão da disciplina Direito Antidiscriminatório na base curricular dos cursos de graduação em Direito, análise e constatação dos impactos do racismo estrutural que permeia as demandas do povo negro. Racismo que se reflete no alto índice da população negra encarcerada, no genocídio sistemático de jovens negros, no aumento do feminicídio da mulher negra, na ausência de políticas públicas de acesso à saúde do povo negro, no descaso com a velhice do povo negro... apenas alguns itens do longo rol de iniquidades raciais.

Não nos falta compromisso com a responsabilidade histórica e, quiçá, mundial de transformação e libertação rumo à igualdade, engajamento de alma e 'fé na vida'. Reafirmo como mantra da vida as palavras de Sonia Leite: "Vale a pena acreditar que a luta racial junto com a luta contra o machismo, capitalismo e patriarcado, transforma!". Tempos Negros...virão!

[1] O Movimento Unificado Contra a Discriminação Racial, posteriormente Movimento Negro Unificado (MNU), nasceu em julho de 1978 para desmascarar o racismo velado da sociedade nacional. Foi também um marco na resistência contra a ditadura militar.

[2] Oswaldo Faustino, jornalista, escritor, ator e ativista negro, conselheiro do Museu Afro Brasil, Repórter/editor/subeditor na empresa Agência Folha / Estadão / Diário Popular / Visão. Trabalhou como colaborador na empresa Revista Raça Brasil, Obá de Xangô.

[3] Em 7 de julho de 1978, uma concentração organizada pelo Movimento Negro Unificado (MNU) marcou a luta contra o racismo no Brasil. Nas escadarias do Teatro Municipal de São Paulo, mais de três mil pessoas se reuniram para dar uma resposta a episódios de discriminação racial. Depois desta contribuição do MNU pela igualdade de oportunidades entre negrxs, esta data passou a ser celebrada como o Dia Nacional da Luta contra o Racismo.

[4] Lélia Gonzalez (1935-1994), Antropóloga, Filósofa, Feminista, Escritora, Ativista e Cofundadora do Movimento Negro Unificado.

[5] Sonia Leite, Ativista e militante petista do Movimento Negro Brasileiro, fundadora da Articulação Popular e Sindical de Mulheres Negras no Estado de São Paulo, e uma das fundadoras da Marcha Mundial das Mulheres, no texto "Reflexões com Mulheres Jovens do PT: O Feminismo é uma Prática", organizado por Fernanda Papa e Flávio Jorge (Fundação Ebert e Fundação Perseu Abramo). 1958-2012. Disponível em https://www.geledes.org.br/pt-e-movimento-social-perdem-sonia-leite/.

[6] Embrião do Mulherio, crônica por mim escrita e publicada na Antologia "Cartas para o Futuro", Ed. Selo Off, Flip, 2022, p. 113; conta a história da criação do grupo de mulheres do MNU-SP.

Racismo estrutural

Direito invisível da mulher negra

A sociedade brasileira vivencia a desigualdade social embasada por elementos estruturantes como racismo e sexismo, com disparidades sociais aparentes. Na análise do processo histórico, constata-se o racismo estrutural como fator potencializador da desigualdade no processo de envelhecimento e de entrave ao acesso das idosas negras às políticas públicas.

As condições de raça e gênero influem de modo negativo nas suas experiências de vida, tendo em vista que a tripla vulnerabilidade se encontra embasada em históricas relações de subordinação coextensivas, que reafirmam as consequências das iniquidades raciais, ensejando reconhecimento de especificidades inerentes a sua condição na sociedade.

As mazelas do envelhecimento são potencializadas na mulher negra, inclusa na base da pirâmide no rol de marcadores como: subemprego, desemprego, informalidade, ausência de políticas públicas e de acesso a saúde. O alijamento das mulheres negras idosas ao benefício previdenciário é só um dos exemplos cruéis das consequências do racismo estrutural, tendo em vista que as desigualdades raciais que se expressam no mercado de trabalho influem na cobertura previdenciária. (LIMA, 2020)

As mulheres negras em ocupações informais atingem 47,8% em comparação a 34,4% das mulheres brancas, o que implica no indicador de 54,6% das mulheres negras idosas sem direito à percepção de benefício social previdenciário, atestando que a desigualdade racial se expressa, inclusive, no direito e qualidade do envelhecimento. (IBGE, 2018)

Outrossim, indicadores apresentados pelo Retrato das Desigualdades de Gênero e Raça referentes à cobertura da previdência pública no Brasil, indicam que no ano de 2015, apenas 59% das mulheres negras possuíam benefício previdenciário em comparação ao percentual de 69,3% das mulheres brancas. O Informe da previdência social evidenciou o índice de 56,4% de mulheres idosas negras sem o benefício social em contraponto a 42,9 das não negras (BRASIL, 2018).

Tais fatos ocasionam à trabalhadora negra uma velhice cercada de dificuldades para obter aposentadoria por tempo de trabalho ou um fundo de previdência privada complementar, já que a contribuição precisa ocorrer ao longo do período ativo da vida do indivíduo. Logo, quando idosas não possuem mais condições de trabalho e nem como se sustentar: o que resta a esse grupo populacional é o auxílio-idoso, denominado pela Previdência Social como Benefício de Prestação Continuada da Assistência Social – BPC-LOAS140, que, aliás, possui requisitos para sua concessão (BENEDITO, 2008).

O fato das mulheres negras trabalharem em piores condições e informalmente, faz com que sua contribuição para a previdência seja inexistente, tornando impossível o cumprimento dos pré-requisitos ensejadores à obtenção de uma aposentadoria. Com pesar, constata-se que "a velhice é mulher, pobre e negra, a situação mais desigual, a de piores condições nesse cenário de pandemia." (BERZINS, 2020)

A superação da condição de desigualdade da mulher negra no mercado é urgente, inclusive porque, além de ter como consequência alterações positivas na vida das mulheres negras idosas, irá contribuir sobremaneira na estrutura socioeconômica do país.

Urge elucidar os tentáculos do racismo estrutural que se interseccionam com as constantes e invisibilizadas violações de direitos humanos fundamentais no processo de envelhecimento, a fim de traçar estratégias relevantes em processos de elaboração de políticas públicas efetivas para a população idosa negra.

Em contraponto à invisibilidade do tema, é dever da OAB (Ordem dos Advogados do Brasil) garantir a inserção e debates do fenômeno 'etarismo' (velhofobia – Mirian Goldenberg) e suas consequências em todos os painéis onde se discuta a diversidade, bem como nas Conferências Estaduais e Nacional, objetivando a visibilidade e a efetivação dos direitos dos idosos. As comissões na OAB devem elaborar trabalhos escritos, pareceres, promover pesquisas, seminários e eventos que estimulem o conhecimento, discussão e a defesa dos direitos da pessoa idosa. Deve ser discutido amplamente de que maneira a OAB pode influir no cumprimento da Política Nacional de Saúde da População Negra, tendo em vista ser o direito fundamental à saúde condição *sine qua non* para uma democracia participativa com pleno exercício de direitos. (GOLDENBERG, 2021)

O processo contínuo de perdas que transforma a velhice da mulher negra em preocupação social e política, por ser um elemento de legitimação de direitos sociais, deve ser encampado pelos movimentos sociais, com a inclusão das demandas dos idosos no rol da diversidade. Em todas as instâncias governamentais, institucionais e sociedade civil, ações devem ser implantadas para garantir os direitos básicos da população idosa na sociedade e avalizar o cumprimento do já estabelecido na legislação sobre o tema.

Refletir, identificar e reconhecer as desigualdades materializando as demandas específicas da mulher negra idosa resultará na obtenção de estratégias de superação. Universalização das aposentadorias e da pensão na velhice, conjunto de leis protetivas dos idosos, políticas públicas na saúde de monitoramento das mulheres e planos de ação para o envelhecimento, são alguns dos quesitos que devem constar na agenda específica de luta das mulheres negras.

A omissão ante a violação dos direitos fundamentais em função da idade caracteriza desobediência aos preceitos constitucionais, principalmente ao direito à dignidade, direito à saúde, direito à vida e direito a um envelhecimento digno.

Descerrar o véu de invisibilidade da velhice negra implica em refletir, identificar e reconhecer suas demandas específicas, concentrando estratégias a fim de fomentar a criação de políticas públicas para dirimir os efeitos da desigualdade racial. A compreensão fática do racismo e suas implicações abre a possibilidade do desenho de um novo e abrangente projeto social e político de enfrentamento aos paradigmas da velhice, em prol da construção de uma vertente identitária e inclusiva.

REFERÊNCIAS

BENEDITO, ALESSANDRA. *Igualdade e diversidade no trabalho da mulher negra*: superando obstáculos por meio do trabalho decente. São Paulo: Dissertação de mestrado em Direito Político e Econômico da Universidade Presbiteriana Mackenzie, São Paulo. 2008. Disponível em: http://tede.mackenzie.com.br/jspui/bitstream/tede/1241/1/Alessandra%20Benedito.pdf.

BERZINS, MARILIA. Idosos, negros, minorias: quem é deixado para trás na pandemia. Entrevista concedida a Marisa Tavares. *Jornal da Manhã* em 10/05/2020. Marília. SP. Disponível em https://jornaldamanhamarilia.com.br/caderno-2/noticia/86473/2021/02/19/idosos-negros-minorias-quem-e-deixado-para-tras-na-pandemia.

BRASIL. *Informe da previdência social*: perfil da população brasileira ocupada, sem proteção previdenciária. Brasília, v. 30, n. 7, jul. 2018.

GOLDENBERG, Mirian. Entrevista concedida a Carla Julien Stagni, *Revista Poder*, (on line) Ed. 48. 2021. https://revistapoder.uol.com.br/edicoes/edicao-148/abaixo-a-velhofobia/.

IBGE – *Instituto Brasileiro de Geografia e Estatística*. Pesquisa nacional por amostra de domicílios contínua. Rio de Janeiro, 2018.

LIMA, Jessica Larissa Souza Lima; SILVA, Maria Lucia Lopes. Racismo, trabalho e Previdência Social, artigo publicado na revista da Faculdade de Serviço Social da Universidade do Estado do Rio de Janeiro; *EM PAUTA*, RJ – 2° Semestre, 2020, n° 46, v.18, p. 85-100. https://www.e-publicacoes.uerj.br/index.php/revistaempauta/article/view/52011/34464.

E eu... sou uma fraude?

Sangro bordando letras. Aconteceu de novo. Da primeira vez não denunciei. Faltou o quê? Ainda não sei, só que não faltou dor. Sobraram frases do tipo "deixa isso para lá", "não é tão sério assim"... e assim efetivei o circuito do vai e vem da violência psicológica. O corpo não apagou as marcas da violência física. A dor nutriu e até amenizou com a missão de dar as mãos às mulheres vítimas da violência. Sinto o que sentem.

E aconteceu de novo, desta feita no envelhecer – de novo, nada fiz. Faltou o quê? Sobrou lampejo intuitivo. Afinal, quem acreditaria se eu gritasse? O local era público e cultural. Na passagem estreita, o vai e vem de pessoas à busca de algo para beber e comer. Ouviam e cantavam canções de esperançar, ouviam e declamavam poesias de libertação em momento pré-eleitoral, enraizando o esperançar de 'ser feliz de novo'. Risos, emoção e alegria estavam no ar e eu cantava – quando ele passou. Sorrateiro como um rato, beliscou minha bunda. Ao lembrar, vejo um ser correndo no bueiro. Tão ágil que imperceptível. Quedei imóvel, queria vomitar e ainda quero vomitar, sinto arrepios de asco nesse bordar das letras. Nojo. Sinto frio.

Por que não gritei? É a pergunta que não quer calar. Estava impregnada do óbvio: 1 – Meus gritos não seriam ouvidos. Gritos não combinam com poesia, canções, esperança e fé. 2 – O pacto machista heteronormativo não permitiria que acreditassem. Afinal, uma mulher negra, idosa, com situação civil fora de discussão e 'um deles: homem de bem', branco, casado, chefe de família, cumpridor de seus deveres,com posição política impecável. Engoli, de novo.

Resta sangrar. Depois de me sentir uma fraude, isto é, 'faça o que eu digo, mas não faça o que faço', como dizia minha Mãe Maria. Ser violentada e se calar? Pois é, aconteceu e minha cura está nesse escrevinhar. Com constatações, questionamentos, ódio, tristeza e coragem. Bordando letras, assumo a fragilidade reforçada no viés escravagista da posse e da humilhação. Escrever cura. Não sou fraude.

Me levanto escrevendo para quem 'me crê'. Capto os sinais da energia do amor e afeto que irão me envolver por quem me ler. Para esses, não sou uma fraude e isso basta para minha inquietude blue. Me levanto com um banho de princesa: velas, incenso, sabonete de alecrim. Limpo o asco com unguento de manjericão e cheiro de alfazema.

Com amor, me perdoo pelo silêncio ante a impotência. Divido a dor no bordar das letras e surge a frase: não sou uma fraude.

Eta branco sujão[1]

Nos idos dos anos 1980, auge da militância, após semana recheada de reuniões, discussões, análise de conjuntura, elaborações de documentos, ufa... chegou o sábado. O programa de sábado era... faxinar. Uma colega de trabalho (juro que dela não lembro o nome, como também do episódio havia me esquecido), ao perceber minha dificuldade financeira, bondosamente ofereceu um 'faxinar' semanal na casa de um idoso amigo, com um bom 'dindim' de diária. Aceitei... tão logo e de bom grado!

Naquela manhã, munida de fraldas, mudas de roupas, mamadeiras, sucos e com o bebê Rei no 'canguru' ancorado no calor do amor, iniciei a maratona rumo ao sobrado antigo na arborizada rua que, apesar de situada no bairro central, bem parecia cena de pintura de cidade de interior.

Me aguardavam belos assoalhos de madeira à espera do viço, longas paredes com azulejos encardidos que pareciam não ter fim, pisos sem vida e nodoentos na enorme cozinha, fogão engordurado e banheiro clamando por vigorosos esfregões. Entre panos de chão, sabão em pó, alvejantes, limpadores sem fim estava 'ele'... legítimo Removedor, decantado à época como o 'salvador da pátria'.

Esbaforida ao chegar, coloquei o bebê no sofá da pequena saleta no andar superior. Ali estaria a salvo dos infindos cheiros da parafernália viciante. Dormia o sono dos anjos.

Quase ao final da primeira etapa, o instinto maternal ouviu tímidos gemidos de choro infantil. Decidi subir e ficar por perto enquanto iniciava o vai e vem no limpar do assoalho. Subitamente, ouvi a voz da alva e algoz patroa, que atrás de mim dizia que eu tinha que 'ajoelhar para passar a palha de aço', discordando de meu movimento no esfregão. "Se não ajoelhar, não fica bom", insistia com seu palavreado de dona de escravos. "Tem que ajoelhar também para passar o Removedor", repetia resistente, ante a minha alegação de que o cheiro era forte para um bebê de dois meses. "Não vai ficar bom", respondeu saudosa do poder dos tempos de cativeiro. Bem que li, no brilho de seu olhar de fogo, o desejo ancestral de me chicotear como faria na senzala.

Pensei em ir embora. Mas, também pensei no 'caraminguá viçoso'[2] que ganharia no final do dia, que iriam garantir o leite, fraldas, frutas e... ante a ausência de um plano B... cedi.

O bebê não mais chorava. Chorava eu, ajoelhada, esfregando a palha de aço. Me fortaleci quando lembrei das varizes que minha Mãe Maria ganhou, graças às intermináveis noitadas de jogatina no fogão de sua alva e algoz patroa.

Inspirada por Maya Angelou, levantei:

Da favela, da humilhação imposta pela cor
Eu me levanto
De um passado enraizado na dor
Eu me levanto
Sou um oceano negro, profundo na fé,
Crescendo e expandindo-se como a maré.[3]

A humilhação serviria como força motriz de nossas intermináveis discussões sobre mulher negra no recém criado grupo de mulheres: nosso papel, nosso legado e nossa luta.

Fui presenteada com um DNA composto de um insistente e, por vezes, irritante... esperançar {...} mote de vida herdado de minhas sábias Ancestrais.[4]

Minha cria – hoje Homem – 'adora' o cheiro do Removedor! Sabe, aquele?!? Pois é, sua memória afetiva o fez crer no cheiro de limpeza. E 'andando com fé' sigo cantarolando o refrão da canção do imortal poeta.[5]

[1] A mão da limpeza – Gilberto Gil, 1984.

[2] Caraminguá – Palavra indígena que define: badulaques; cacarecos; níqueis de pouco valor.

[3] Angelou, Maya – Poema "Ainda Assim eu Me Levanto"

[4] Oliveira, Lenny Blue. Poesia 'Esperançar' – Antologia: Parem as Máquinas, Editora selo Off, Flipp, 2020.

[5] 'Andar com Fé – Gilberto Gil, 1982.

'Papai, me mande um balão com todas as crianças que têm lá no Céu!'

Na primavera, há flores, cores, esperança e 'doce lá no jardim'! De norte a sul jorram reverências às crianças, nas festas de Cosme Damião, Ibeji com as delícias do caruru, a doçura das guloseimas e a alegria com folguedos e brinquedos.

Para as mães de Agatha Vitoria, Kauan, Jefferson, João Pedro, Miguel e anônimos números da estatística crescente de crianças negras assassinadas, é uma data marcada pela dor, tristeza, indignação e saudades sem fim dos risos que não mais ouvirão. Quem vê morte e sangue, não vê motivos para celebrar. "Olhei para os olhos de algumas dessas mulheres e a minha impressão é que suas almas já não mais estão ali", diz Vilma Reis[1]. A morte de uma criança quebra o fluxo natural da vida tirando a alma das Mães que ficam.

Dados recentes divulgados pelo Fórum Brasileiro de Segurança Pública[2] em parceria com o UNICEF, mostram o Brasil teve 4,9 mil mortes violentas de crianças e adolescentes em 2019, sendo que 75% eram negras. Números da política da morte ou necropolítica[3], prática sistemática de matar com atuação prioritária aos negros, cuja maioria reside em territórios vulneráveis, em péssimas condições de vida, altos níveis de insegurança e desemprego, que só por isso sofrem as consequências da violência racial que ceifa as vidas de crianças, adolescentes e jovens.

Não há como celebrar cenas de crianças abaixadas na sala de aula, aterrorizadas sob a proteção de professores, em uma sistemática violação de direitos humanos. Violação que se repete quando leis que fiscalizam o uso de armas são flexibilizadas, quando investigações relativas ao genocídio são atenuadas, quando os assassinatos nas favelas são justificados legalmente com 'segurança' à população e legitimados com o uso de tecnologia e equipamentos de guerra.

'Criança não é adulto', clama Mirtes, Mãe com 'olhos sem alma', na sua incansável 'luta por amor' contra a letargia da Justiça no processo contra sua algoz e alva patroa, que preocupada com suas unhas, 'despachou Miguel' para apertar aleatoriamente o botão do elevador que o levou a morte.

Agatha, Kauan, Kauê, Jennifer, João Pedro, Miguel e tantas outras crianças, anônimos nomes hoje voam como andorinhas no céu, são 'filhos do mundo' e os saudamos nas exaltações a São Cosme e Damião, que morreram defendendo a fé, e aos Ibejis, divindades encantadas como crianças espalhando a leveza; e em prece rogamos que nos inspirem para o moto contínuo e na luta pela igualdade, entoando em alta voz como mantra: 'vidas de crianças pretas importam'.

Na fé evocamos as lições de nossa africanidade e, tal qual os erês, com a energia da renovação e esperança, 'sopramos [para nossas crianças] ventos desatados por mãos de mando, que turvam o sentido do que sonhamos'.[4]

1 Cleidiana Ramos, (in) "Lições da ancestralidade para nos fazer reagir em meio a uma cultura da morte", publicado no Mídia Ninja, em 20/07/2020.

2 Disponível em: https://www.unicef.org/brazil/.

3 Achile Mbembe. *Necropolítica*. 3. ed. São Paulo, 2018.

4 Oswaldo Camargo, Poema "Em Maio".

Idosidade

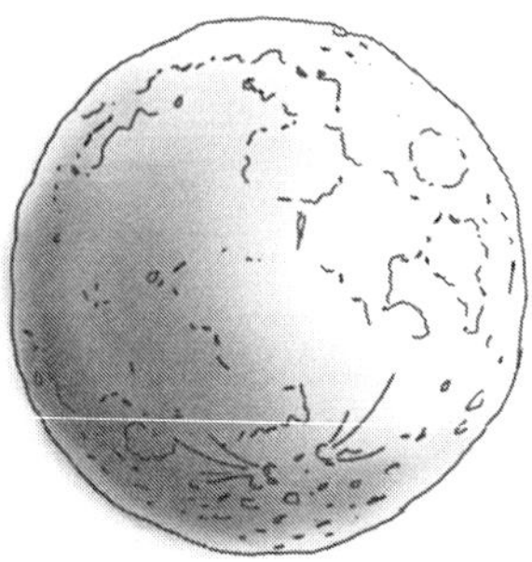

Gozar com a mente

A idosidade chega sorrateira. É um 'kit'. Não só as articulações sentindo dores com o frio, não só os calores da menopausa, não só o andar mais lento e os cabelos em algodão. O tempo nos torna mais seletivos no prazer. Afinal, não sou a mesma, ainda bem. Não mais acompanho as baladas noturnas e incessantes e com o tempo os convites para sair são escassos, já que prefiro tomar vinho ouvindo blues ao invés de bares com sons de música que abafam a minha voz.

O tempo também não me torna atraente para convites sexuais, que eram intensos na juventude. Porém, não deixo de saciar meus ávidos desejos. Certa feita, um amigo amado, curioso e preocupado com minha aparente solidão afetiva, perguntou como eu tinha prazer? Ao que respondi: 'gozo com a mente', acrescentando que minhas entranhas ficam umedecidas enquanto escrevo com a alma. Minhas pernas, na idosidade, estão abertas a novas possibilidades de prazer, a partir do meu orgasmo mental no bordar das letras e 'xô' solidão e depressão.

Gozo com as conversas com as minhas irmãs da rede de apoio, gozo quando descalça no parque 'taichizando', gozo quando tenho total compreensão nas aulas de mestrado, gozo quando canto com as músicas que acalantam meu ofício de escrever, gozo quando viajo para meus recantos paradisíacos, gozo na conexão com o meu sagrado na delícia da 'erva de santa maria' e gozo quando transmuto a visão da idosidade. Sou rebelde e não me prendo às formas tradicionais do gozo, sigo inventando meus orgasmos. Gozo porque vivo e... a vida é bela!

Convide uma 'velhinha' para o bloquinho de carnaval e/ou 'quando o cuidado é só no close'

Ainda ontem, um amado amigo brincou me chamando de 'velhinha' com carinho. Gosto disso! Mas... (sempre tem um 'mas'!?) desta feita, o adjetivo despertou alguns gatilhos no recôndito d'alma, que trouxeram à tona dois acontecimentos do carnaval.

1 – Com a terapia em dia, instigada pela analista e após longo tempo sem beijar na boca, ousei marcar um 'date' no domingo de carnaval. Sei lá, não sei, acho que queria desaprender a ser só. Deu ruim. Levei um 'furo no date'. Quem nunca? E o que era para ser mais um motivo para risos altos no boteco da Nestor, em conversa

com as amigas, já que sou dessas, deu margem a densas reflexões: rever conceitos? Tentar de novo? Sou libriana.

2 – No mesmo dia estava eu na mesa, quando não mais que de repente, *'quase todos debandaram'* para outro bar e... pasmem! Quando do convite, fiquei invisível! Às vezes, isso acontece, temos que nos adaptar ao convívio com a juventude que não nos vê. Sem mais delongas... não estamos.

3 – Parafraseando em analogia ao post de @daniarrais, jornalista e sócia da @contente.vc, e ainda sob a influência do 'fora no date', librianística e dramaticamente, me senti fora do radar e sem convites... ,mesmo que seja para dizer não. Óbvio que não mais tenho tanto prazer em baladas com dj's questionáveis, longas filas para comprar cerveja e ir ao banheiro, além da música alta para meus sentidos. Mas... você ousa me convidar mesmo que eu não vá? Velhinhas são boas companhias para papos e risos... ainda que andem devagar.

4 – Nosso cuidado com as irmãs mais velhas não pode ser só 'no close', nas palavras da 'mui Amada' Tamara @ro.rosiane. Desconstruir dá trabalho. Descontruir exige bom humor

e paciência. Desconstruir exige empatia e transmutação.

5 – Quanto ao 'furo no date'... um bom corte de cabelo, um cropped colorido, batom vermelho e 'na pista de novo'! Acho até que vai virar capítulo da minha dissertação no mestrado. Afinal, a vida é bela e nada como desconstruir com leveza e bom humor! Repito... sou dessas!

Sigo, te seguindo, Lélia

Já fui moça. Hoje, no inverno da vida, ando inquieta ante a percepção dos sutis, porém naturalizados percalços do envelhecimento. O espelho me traz um olhar atônito ante a crueldade do apagamento da velhice. Sou velha, invisível, sem desejos e vontade, dizem até que sou descartável.

A "amazona de torço estampado de esperança"[1] como 'griot' segue guiando meu caminho. Me inspira a usar a voz e ser sujeita do discurso sobre o envelhecimento, com direitos plenos e equânimes. Me instiga a questionar o 'status quo' rançoso e colonialista, em contraponto à invisibilidade da minha velhice. Me espelho no seu determinismo, no atiçar mulheres negras em todos os segmentos, movimentos sociais e populares para contestar o apagamento da velhice, potencializado pelo racismo que embasa as desigualdades. "O racismo se constitui como a sintomática que caracteriza a neurose cultural brasileira (...) e sua articulação com o sexismo produz efeitos violentos sobre a mulher negra" – assim você escreveu.[2]

Seus conceitos embasam minha insubordinação em ser tão somente corpo descartável, e no pleito de interseccionalizar a violência do racismo e sexismo que subalternizam as mulheres negras desde sempre. Suas palavras me guiam no combate à invisibilidade imposta, como alerta em relação às hodiernas formas de apagamento e silenciamento cruel, que dizimam vidas de mulheres negras idosas. Suas admoestações me guiam no pleito incansável para efetivar as demandas da idosidade nas pautas das lutas.

'Sou dessas'... meus olhos brilham na missão. Como "portadora da chama da libertação"[3] alicerço as pontes de acesso à tomada do lugar e da palavra com seu sopro de liberdade e a irmandade do mulherio. E bordando letras, na pena desaguo as inquietudes, apostando na coerência dos nossos anseios rumo à plena igualdade de direitos das mulheres em uma sociedade multirracial e pluricultural, embalada pelo bem viver.

AXÉ MUNTU4

[1] DANIEL, N. Lembrando Lélia Gonzalez. In: WERNECK, Jurema et all (org.) *Livro da saúde das mulheres negras*—nossos passos vêm de longe. Rio de Janeiro: Criola/Pallas, 2000.

[2] GONZALEZ, L. Racismo e Sexismo na Cultura Brasileira, In: *Revista Ciências Sociais Hoje*, An pocs, 1984, p. 29, 224.

[3] GONZALEZ, L. *Primavera para as Rosas Negras*. São Paulo: Diáspora Negra, 2018, p. 14; 51,205, 275-276, 427.

[4] Expressão africana utilizada por Lélia González misturando as línguas ioruba (axé = poder, força, energia, tudo de bom) e kimbundo (muntu = gente).

Mulheres pretas idosas... importam!

Cada vez que um ancião morre é um conhecimento que acaba. Falam sempre que é uma enciclopédia que se fecha, pois são eles que passam as sabedorias e conhecimentos.

Leonida Akiri

"É bom que as mortes se concentrem entre os idosos... Isso melhorará nosso desempenho econômico, pois reduzirá nosso déficit previdenciário".

"Vão morrer alguns [idosos e pessoas mais vulneráveis] pelo vírus? Sim, vão morrer. Se tiver um com deficiência, pegou no contrapé, eu lamento..."

"É preciso pegar o idoso e isolá-lo em hotéis ou em casa. Tem o isolamento horizontal, que estão fazendo aqui, e tem o vertical. É o vertical. (...) Pô, cada filho cuida de seu pai, do seu avô, poxa. Não quer que eu contrate uma pessoa para cuidar de cada idoso, é impossível. Eu não sei a massa de idoso que tem no Brasil, são alguns milhões".

"Entre uma pessoa com muitas comorbidades e outra jovem, você acaba escolhendo o paciente jovem. Ou aquele que tem mais chances de sobreviver..."

As frases se repetem nos noticiários desde o início da pandemia. Com horror, assisto, ouço, leio diariamente essas notícias nos discursos sórdidos, recheados de estigmas, preconceitos e violências contra os mais velhos.

Cada uma contrai meu velho e apreensivo coração. O tempo me presenteou com a morte simbólica contida no estigma 'peso para a sociedade'.

Segundo o Instituto Brasileiro de Geografia e Estatística (IBGE), dados de 2017, somos mais de 30 milhões, sendo que aproximadamente 60 mil residem em abrigos.

Quantas de nós, mulheres pretas idosas, estamos entre os mais de 100 mil corpos abatidos pela COVID?

A maioria de nós não tem condições reais para o isolamento; moramos em áreas esquecidas pelo Poder Público, sem condições reais para o isolamento social, sem água, sem hospitais, postos de saúde, sem políticas públicas que nos contemplem.

Apesar de ser do tal 'grupo de risco' com diabetes e pressão alta, não pude me esquivar de 'ficar com as crianças' para que minha filha Yayá, que não recebeu o auxílio emergencial *(dizem que foi recebido por um famoso... e que 'está em análise')*, possa ir faxinar.

Meu parco benefício social não é o suficiente para as despesas da família, mal dá para os remédios. Se não fosse a cesta básica de doações... não sei como seria!

Não saio. Presa sem data e hora para acabar. Não mais mercado, exercício com amigos na praça, jogar conversa fora no pôr do sol. Deu até medo dos olhares quando fui à farmácia... cruz credo!

Quanto à televisão, melhor esquecer e fingir não pensar sobre a *'escolha de Sofia oficial'*[1] e o sorteio de respiradores... que, óbvio, não me contemplaria. Não é agradável ouvir a todo momento pregações sobre a minha morte .

E... ainda me chamam de inútil. No mundo do trabalho, do capital, da mais valia, sou inútil e invisível. Talvez isso explique as frases de 'velhofobia' citadas no início do artigo e o fato de que alguns governantes não se importem com meu corpo velho negro... inútil, para nada mais serve.

Afinal, é preciso produzir, dar lucros, o tempo todo o que não mais acontece comigo; idosa que sou, minha produção passa despercebida.

Minha história de coragem, derrotas, superações, vitórias, estão esquecidas, invisíveis como eu.

O alento é saber que de onde vim, envelhecer é cumprir o destino. Quanto mais velha eu for, maior saber e poder terei, conforme a filosofia africana.

Em nagô, sou chamada de 'agbara', o que significa velho corpo, sinônimo de sabedoria e axé, e minha história é respeitada no meu Povo.

E seguindo a tradição, meus descendentes e 'os mais novos' irão representar minha ancestralidade nos preservando como Povo Negro. Minha vida importa. Bela missão... agradeço.

Não ando só. Com fé, evoco a benção dos Mestres Espirituais Pretos Velhos, como exemplo de ancestralidade e resistência, que guiam e inspiram com sua sabedoria, africanidade e iluminação.

Ao contrário da 'mãe preta de bom coração', sou 'aquela que dá rasteira' e trago no DNA a força das Guerreiras Ancestrais.

Como na canção de Caetano, deixo a vida e a morte para trás, com a alma saturada de poesia, soul, rock'n'roll; com cabelos com a tristeza do neon; e a prumo sigo no grande espelho que é o mundo, brilhando única, maravilha sem igual, já com coragem de saber que sou imortal".[2]

AXÉ MUNTU[3]

[1] *A escolha de Sofia* é um filme 'imperdível' sobre o drama de uma cidadã, polaca, filha de pai antissemita, presa num campo de concentração de Auschwitz durante a Segunda Guerra Mundial, que é obrigada a escolher, entre seus dois filhos, qual irá para a câmara de gás.

[2] Trechos de "O Homem Velho", canção de Caetano Veloso.

[3] Expressão africana utilizada pela 'griot' Lélia González, misturando as línguas iorubá (axé = poder, força, energia, tudo de bom) e kimbundo (muntu = gente).

Preta e presa na casa

Assustei! Um casal bem aprumado surgiu com uma prosa estranha e um monte de perguntas. Educados que só eles. Fui respondendo, devagar. Prosa boa, nunca falo.

Idade? A patroa diz que tenho 86, ela deve saber porque diz que me pegou há 72 anos. Sou dela.

O que faço? Tudo. Lavo roupa, passo, cozinho, limpo casa, limpo jardim e a sujeira do Cocada, cachorro sujão. Se aquieta comigo no sofá. Num dou mais conta de tudo, meu reumatismo não deixa, mas faço o que posso e cuido da patroa, tá doente, só fica na cama, coitada!

Dinheiro? Não precisa, nunca vi. Uma vez me levaram no banco, num sei, pus meu dedão preto num papel. Só sei que patrãozinho diz que está guardando dinheiro para comprar uma casa para quando eu ficar velha. Meu sonho, meu filho.

Família? Não sei, não tenho. Eles dizem que sou parte da família. E eu penso: como, se sou preta? Não, nunca fui em nenhuma festa, casamento, formatura, natal, não saio. Cansada, aproveito para dormir no sofá com o Cocada, enquanto todos estão fora.

Dou graças a Deus quando consigo chamar a vizinha pelo muro, para me dar um remédio. Tem frio que nem o sebo de carneiro adianta. A filha da patroa esquece de deixar o comprimido – também trabalha tanto, coitada! Ela é médica.

Ainda bem que tenho os patrõezinhos para cuidar de mim. Rezo por eles em todas as minhas novenas. Não fossem eles, estaria na rua, meu filho. Dou Graças à Nossa Senhora Aparecida e a todas Nossas Senhoras.

Abraçar? Namorar? Olha, moça, me respeite, viu?! E já não tá bom?

Dos tempos da pandemia

O que não tem remédio... remediado está

A vida é feita de pausas. Inspiramos... Respiramos... para dar lugar aos ossos de se alongarem, para dar um sossego aos órgãos de se limparem, e ao sangue de se trocar. É uma fração de segundos que recicla a alma velha para se tornar borboleta de Deus. Girar a manivela de dentro, olhar que a vida, assim como nossa anima, precisa de pausa, precisa de carinho, e de silêncios.

Marlene Clara Wolflsbenberger

Não mais que de repente... é tempo de pausas. O 'tal' isolamento social chegou, sem tempo para a prévia preparação. Sobra-nos tempo para o medo, a incerteza, a insegurança financeira, descaso governamental, ausência de políticas públicas, ausência de serviço médico, vacinas, leitos, médicos, testes, álcool em gel, comida, água, ficar em casa, sair de casa, gengibre ou própolis, cloroquina ou açafrão... ufa! Seguir remando... mas como?

"O que não tem remédio, remediado está...", diria minha sábia Mãe. Fiquemos em casa. O vírus aí está e para seu enfrentamento temos que utilizar nossos anticorpos físicos e espirituais. Quando saudáveis, serenos e em equilíbrio harmônico e energético, nossas defesas imunológicas se fortalecem e reagem; por outro lado, ficamos reféns de ataques virais quando enfraquecidos física e emocionalmente.

Além do bem-estar físico, é tempo de investir na busca do equilíbrio, preservando a energia vital. Um modelo de vida mais simples e natural imposto pelo isolamento social, aliado à prática de exercícios físicos, é a equação para o enfrentamento. A conexão virtual, com absorção incessante de notícias nos telejornais trágicos, deve ser trocada pela conexão interna, aproveitando o tempo de solidão para buscar serenidade, ouvindo seu silêncio.

Segundo a Medicina Tradicional Chinesa, enfermidades e síndromes estão diretamente ligadas ao desequilíbrio físico, mental, emocional e espiritual. Práticas como a Meditação e o Tai Chi Pai Lin (uma das práticas baluartes da Medicina Tradicional Chinesa, trazida ao Brasil pelo Mestre Liu Pai Lin)[1], entre outras, são reconhecidas como responsáveis pelo aumento da imunidade.

Sob o mote Longevidade e Saúde, a prática regular de Tai Chi Pai Lin, por exemplo, atua na prevenção de síndromes, ativando a circulação interna, desobstruindo as articulações, desfazendo pontos de tensão, massageando a coluna lombar com movimentos certeiros. Libera o coração do excesso de emoções, fortalece a estrutura pulmonar liberando a energia da imunidade. Como pêndulo, os movimentos aprimoram suavemente o eixo físico, fortalecendo os órgãos internos e equilibrando a energia. Na meditação do "Abraço do Tai Chi e no sentar na calma"[2], o olhar interno, a respiração natural, além de relaxar a musculatura, proporciona a serenidade do 'não fazer e pensar', do 'girar da maçaneta interno'.

'Girar a manivela' transforma a vibração dominante, direcionando a mente para não pensar obsessivamente no vírus, no medo, etc., ingressando no vazio interior para se preservar. O equilíbrio energético obtido entre as funções psíquica e emocional elimina tensões e aumenta a imunidade. Humildade e empatia em nos cuidar, sabão, álcool em gel, água sanitária etc. Humildade em reconhecer que temos que nos fortalecer energeticamente, para evitar brechas que possam potencializar eventual contágio.

Quanto a nós, Povo Preto, desde o sequestro nos navios negreiros, 'tendo a peste por jaguar'[3], sobrevivemos ao sarampo, varíola, peste bubônica, entre outras. E tudo isso, acompanhado de escassez de água e alimentos, maus tratos constantes, banzo, miséria física e emocional.

Consideramos igualmente como pandemias, o constante genocídio, feminicídio e o racismo estrutural e institucional, que continua embasando as relações sociais no Brasil, com o aumento da desigualdade. Somos o maior segmento populacional e convivemos com ausência de políticas públicas que garantam o acesso aos direitos básicos constitucionais como saúde e educação. Majoritariamente, dependemos do SUS – Sistema Único de Saúde, como único prestador de serviços, principalmente na periferia, e estamos à mercê da ausência de recursos materiais e humanos.

Para suprir tal lacuna, é tempo de resgatar nossa ancestralidade e potencializar a resistência, com as 'receitas da avó' no tocante a chás, escalda pés, banhos de assento, banhos de ervas, alimentação saudável; bem como 'aproveitar a quarentena' para se abrir para novas possibilidades naturais para a cura. Temos que nos conectar com a natureza e exercitar a fé e a devoção.

'Não existe armadura mais forte do que a fé'. A fé deve nos acompanhar enquanto rogamos para que o Pai de todo o Ayê nos abençoe e livre de todo mal, dores, doenças moléstias e perseguições. Fique em casa. Aproveite o tempo do isolamento social para 'olhar que a vida (...) precisa de pausa, precisa de carinho, e de silêncios'.

Sairemos dessa... somos bons nisso.

Axé!

[1] Mestre Liu Pai Lin (1975-2003). Destacado General Chinês, aprendiz do Taoísmo desde a infância, que após sofrer graves lesões no joelho durante a Guerra retornou a andar graças à disciplina e prática dos treinos taoístas. Em 1975, se instalou no Brasil, difundindo as práticas taoístas e o respeito às leis naturais como fórmula de longevidade e saúde, sob o slogan "o segredo de uma vida longa reside no cultivo da serenidade, da calma e na prática do amor."

[2] Abraço da Árvore; sentar na calma. Treino meditativo taoísta; braços unidos em abraço circular, pés enraizados no solo e cabeça ligada ao céu, e com o silêncio e circulação interna da energia, exercita-se a paciência e serenidade. Ficar na calma promove esvaziamento da mente-coração, relaxamento do corpo e a permanência no centro de equilíbrio da energia vital.

[3] Castro Alves; Poema Navio Negreiro, (Os Escravos) – O Jaguar é um felino ágil e a frase 'tendo a peste por jaguar', denota a velocidade em as doenças se multiplicavam na travessia de horrores, dizimando os negros escravizados.

Escrevivência... a pena como cura

Girar a manivela de dentro, olhar que a vida, assim como nossa anima, precisa de pausa, precisa de carinho, e de silêncios.

Marlene Clara Wolflsbenberger

No verão preguiçoso e ressacado do esfuziante carnaval, numa manhã qualquer, o despertador dos pássaros sinalizou um canto incomum e alvoroçado. Lentamente, aquiesci ao desejo do corpo, levantei-me e fui nutrir o olhar e a alma nas alamandas amarelas e rosas, hibiscos vermelhos, lilases e ísis que pintavam com suas cores o verdejar abundante do pequeno jardim. Liguei a televisão e entendi o canto de anunciação dos pássaros que insistiam em avisar: a chegada do 'tal vírus'.

Era tempo de voltar. Lentamente, arrumei o refúgio cabana com detalhes, antevendo que, desta feita, ia demorar a voltar. Me permiti ser abraçada enquanto limpava cada aposento, lavava e guardava louças e panelas, desmontando o lar florido e abençoado.

Retornando à selva de pedra, a palavra de ordem era: isolamento total. A cidade tinha uma nuvem perceptível, dias de sol com ruas vazias, mercados lotados, pessoas se olhavam com desconfiança. Portadora de um irritante otimismo, ordenei tarefas que em 'tempos normais' ficavam ao largo e diligentemente me esmerei em cumprir o proposto. Livros, papéis, roupas, bugigangas seriam mexidos e finalmente tudo ficaria organizado. Afinal, seria só por três meses.

Ledo engano, nada estava sob controle. Era preciso encontrar dentro de mim o como vencer o quadrado do apartamento, a falta do abraço do filho, da conversa com amigues, a saudade dos domingos com os deliciosos quitutes da irmã caçula, a prisão que me impedia de tomar o trem e ir para as montanhas recarregar com a Mãe Natureza, o silêncio dos finais de semana, a tristeza a cada perda de amigos, o desalento com a violência que ceifava a vida de crianças e jovens negros deixando 'mães cujo olhar parecia não ter alma', o genocídio com o descaso aos mais velhos, maiores vítimas diretas do vírus.

O remédio surgiu do girar 'a manivela de dentro', pausar, respirar e ouvir a voz interna em busca de estratégias para manter a saúde mental e espiritual na solitude. E no girar da manivela, descobri 'a pena como cura'. Divido a inquietude no bordar das letras e solto a dor que me sufoca... respiro!

Escrever o que dói fortalece as entranhas da minha velha alma e esvanece a eventual visita dos funestos pensamentos que pairam no ar, tentando adentrar na mente. Com a pena resisto, espalhando o esperançar que brota das letras como antídoto para os tempos sombrios. Fortaleço os passos para o caminhar, ouvindo a Ancestralidade nos acordes do provérbio africano 'a esperança é o pilar do mundo'!

> 'Deus é uma mulher preta e por natureza sei que vou sobreviver. Deus é uma mulher preta, bença minha Mãe para lutar e escreviver'.
> Canção de Jessica Gaspar

Ser de sorte... é o vivente[1]

A quarentena e seus presentes. Um dos galardões do isolamento foi a descoberta de um 'Anjo da Guarda'. Como guardião, meu vizinho de apartamento se antecipava aos meus ais me mimando com poesias, iogurtes, bolachas, batidas matinais na porta com a cafeteira fumegante. Em contrapartida, eu o presenteava com meu suco matinal energético *e outras tantas guloseimas saudáveis, frutos da terapia gastronômica do isolamento.

Dividimos panelaços, café, frutas, cachaça, dicas processuais, vaquinha no prédio para o café da manhã dos irmãos em situação de rua, dias de chuva, dias de sol, passarinhos, memórias, poesias, canções, papos intensos com poucos segredos, risos, lágrimas e... livros. Ah... os livros. Me apresentou a inúmeros.

Certa manhã, com o café, trouxe uma joia livro: *Mulheres Negras do Brasil*.[2] Numa passada de olhos, encantei-me com as fotos das irmãs Ancestrais, mas, às voltas com prazos e demandas urgentes, deixei para degustá-lo depois. Fiz bem.

Certa noite, o acaso fez com que o 'livro joia' caísse aos meus pés e, não mais que de repente, me deparei com a minha foto. Militante quase menina nos idos dos anos 1980, com a legenda que bem descreve o momento da luta. Emocionei-me ao me ver. Olhar enviesado, sempre irreverente, com mãos falantes e o eterno batom vermelho, que resiste ao tempo ignorando a máscara – simplesmente 'invade e fim'.

Como cena de um filme, revi a cena da participação do grupo de Mulheres do MNU – Movimento Negro Unificado, no II Congresso da Mulher Paulista, nos idos dos anos 1980 na PUC-SP, quando de mãos dadas com mulheres pretas de grupos outros, ganhei o presente de ser um instrumento de denúncia, questionando na plenária a ausência das demandas da mulher negra na pauta e o desinteresse em discutir 'sobre nós' e nossa especificidade.

Teleguiadas pela Ancestral Lélia González, que nos guiava e instigava com seu sopro, e inspirava com sua luz e dororidade[3]; como 'portadoras da chama da libertação'[4] transformamos 'a semente em substância'[5] e lacramos um novo momento valorativo das ações políticas das Mulheres Pretas junto ao Movimento Feminista. Gratidão ao Movimento Negro Unificado pelo momento histórico.

Gratidão pelo arauto do vizinho Poeta Andrey, cognome Anjo da Guarda, que com a flecha certeira do seu Pai Caçador Oxóssi, trouxe à tona o germinar da semente que me é tão cara e moldou meu caminhar na militância. Nossa troca na quarentena foi coroada com o galardão (adoro essa palavra!) da nossa amizade, ora eternizada com o aflorar da lembrança do instante revolucionário.

Gratidão às mais velhas, que me pegam pela mão, e gratidão às mais novas, que me envaidecem com o empoderamento e compromisso. Pacientes, me norteiam no aprendizado renovador da mocidade (também adoro essa palavra!!), com links que revolucionam o meu pensar.

Grata aos organizadores pela honra e privilégio do registro. Com ele, angariei a benção de estar entre minhas Irmãs do Caminho, algumas já Ancestrais. Me guiam. Sinto, ouço e as sigo, óbvio.

Sigo no mantra da ora Ancestral Irmã Sonia Leite[6]: "vale a pena acreditar que a luta racial, junto com a luta contra o machismo, transforma. E vale a pena entender que este instrumento pode pertencer a todas, que a luta é coletiva".

Sigo, 'com coragem, ânimo e fé [...] e de pé mais uma vez'[7]; moto contínuo, desta vez atenta à luta das demandas da mulher preta idosa. Salve o Tempo!

AXÉ MUNTU[8], DIRIA LÉLIA GONZALEZ!

[1] ALBUQUERQUE, Andrey, vizinho que na pandemia virou meu anjo da guarda e sua frase 'ser de sorte é o vivente', do livro Fragmentos de poesia (a ser publicado).

[2] SCHUMAHER, Schuma; VITAL BRASIL, Érico. *Mulheres Negras do Brasil*. Rio de Janeiro: Senac Nacional, 2007, fls. 363.

[3] GONZÁLEZ, L. *Primavera para as Rosas Negras*. São Paulo: Diáspora Negra, 2018.

[4] PIEDADE, Vilma. *Dororidade*. São Paulo. Editora Noz, 2018.

[5] DANIEL, Neia. Lembrando Lélia Gonzalez. In: WERNECK, Jurema *et all* (org.) *Livro da saúde das mulheres negras* – nossos passos vêm de longe. Rio de Janeiro: Criola/Pallas, 2000.

[6] Sonia Regina Paula Leite (in memorian), militante petista do Movimento Negro Brasileiro. in: *O Feminismo é uma Prática*, organizado por Fernanda Papa e Flávio Jorge (Fundação Friedrich Ebert e Fundação Perseu Abramo). 2012).

[7] José Adão de Oliveira, autor do Manifesto MNU-SP, lido pela escritora e poeta Conceição Evaristo nas escadas do Teatro Municipal – SP, no desfile do bloco afro Ilú Oba de Min, cortejo do carnaval 2019, "Negras vozes: tempo de alakan" (em iorubá = aliança).

[8] Axé Muntu – expressão de saudação criada por Lélia González, misto das línguas ioruba axé = poder, força, energia; e kimbundo muntu = tudo de bom.

Ancestralidade e espiritualidade

Somos Lélia[1]

Somos Lélia... "amazona de torço estampado de esperança montada em seu cavalo negro como nossa ancestralidade".[2]

Somos Lélia – como porta-voz de nossos temores, soergueu impávida e nos pegou com a mão e nos guiou na construção do feminismo negro.

Somos Lélia, e instigadas por sua fala, inspiradas por sua luz, inflamadas pelo seu sopro como 'portadoras da chama da libertação',[3] inauguramos um novo momento valorativo no movimento feminista, galgando espaços para as demandas da negra mulher. Somos Lélia e, como herdeiras do seu decantado anseio de irmandade do mulherio negro, exercitamos o respeito e a solidariedade às mulheres brancas que abrem mão dos privilégios e caminham conosco lado a lado no moto contínuo.

Somos Lélia, Claudia, Marielle, somos os nomes dos corpos descartáveis das mulheres pretas assassinadas; somos as Mães Pretas 'cujos olhos parecem não mais ter alma'[4] que perderam os filhos para a violência sem fim... Como Ancestrais Encarnadas, incorporamos sua alegria transformadora e, vitoriosas, seguimos na saga 'transformando a semente em substância'.[5]

Somos Lélia, e seguimos seus passos entoando o mantra: "vale a pena acreditar que a luta racial, junto com a luta contra o machismo, transforma. E vale a pena entender que este instrumento pode pertencer a todas, que a luta é coletiva".[6]

AXÉ MUNTU[7]

[1] Ode a Lélia González, Antropóloga, Filósofa, Feminista, Ativista e Cofundadora do Movimento Negro Unificado (1935-1994).

[2] Néia Daniel, 1994 - BAIRROS, Luiza. "Lembrando Lélia Gonzalez". In: WERNECK, Jurema *et all* (org.). *O livro da saúde das mulheres negras – nossos passos vêm de longe*. Rio de Janeiro: Criola/Pallas, 2000.

[3] González, L. *Primavera para as Rosas Negras*. São Paulo: Diáspora Negra, 2018.

[4] Cleidiana Ramos. In 'Lições da ancestralidade para nos fazer reagir em meio a uma cultura da morte', publicado no Mídia Ninja, em 20/07/2020.

[5] Néia Daniel, 1994. Ibidem.

[6] Sonia Regina Paula Leite (*in memorian*, 1956-2012), militante petista do Movimento Negro Brasileiro. In: *O Feminismo é uma Prática*, organizado por Fernanda Papa e Flávio Jorge (Fundação Friedrich Ebert e Fundação Perseu Abramo). 2012. https://www.geledes.org.br/pt-e-movimento-social-perdem-sonia-leite/.

[7] Axé Muntu – expressão de saudação criada por Lélia González, misturando as línguas ioruba axé = poder, força, energia; e kimbundo muntu = tudo de bom.

Torta de escarola

Saudades trazem a memória afetiva: hoje saúdo minha Tia Nenê (assim chamada por ser a caçula 'neném' da família materna), que fez a passagem para o Orun há dois anos contado do relógio.

Tia Nenê era puro amor. Com doçura, diminuiu seus sonhos para que coubessem nas necessidades da família. Cuidou de todos nós. Éramos quatro. Dos meus mais velhos, cuidou 'in totum'. Minha Mãe Maria era doméstica em tempo integral, até que as varizes que ganhou em seu trabalho árduo[1] a afastaram da lida, e só então pode se dedicar ao cuidado das mais novas, eu e minha irmã.

Na difícil transição para a adolescência, Tia Nenê era minha confidente nas inquietudes. No árduo e lento processo de cura de uma água no pulmão, cedeu sua casa e cama, e com minha Mãe Maria e minha Vó Truda[2] se empenhou com carinho e amor com mingaus, polenta, canjas... sustância para fortalecer meu pulmão, abatido pela tristeza do abandono no primeiro amor. Vigiava meus sonhos com amor. Era uma mulher de fé, que transmitia com atos de amor e na crença inabalável em seu Deus, que chamava de único.

Era romântica e acreditava no amor que não teve. Viveu para nós e isso lhe bastava. Assistíamos juntas a novelas épicas como Irmãos Coragem, o Astro, Mulheres de Areia, sempre torcendo pelo casal romântico.

Em sua sina de cuidar, de todos cuidou. Dos sobrinhos netos, como filhos que não teve; e até o último instante de sua mãe, minha Vó Truda, e da irmã e companheira, minha Mãe Maria. Era um amor invejável que as fundiam em uma só. A cada vez que as visitava, sempre aos domingos, na despedida minha Mãe Maria me abençoava com o mantra: "Deus te acompanhe e bem que sei que ele me seguia." Tia Nenê tomou para si me dar o amor maternal quando passou a repetir o mantra toda vez que eu ia embora.

Na primeira visita após a passagem de Mãe Maria, fui recebida com a comida que mais gostava: bife à milanesa e torta de escarola, pratos dominicais. Ainda sinto toda a sutileza do amor envolvido naquela torta, que era uma especialidade de minha Mãe Maria e que ela queria reviver para me acalentar.

Devolvo meu amor, eternizando a receita da deliciosa Torta de Escarola, prato simples, saboroso, e com a sustância da sutileza do amor, que é eterno 'aqui e acolá'.

TORTA DE ESCAROLA

Recheio:

1 maço de escarolas lavadas e secas, picadas grosseiramente com a mão
Cebolas a gosto
Tomates cortados finamente
Orégano, sal, azeitonas pretas e temperos a gosto.
Queijo parmesão a gosto.

Massa:

1 1\2 xícara de farinha de trigo
1\2 colher de sal
1\2 xícara de manteiga na temperatura ambiente
3 colheres de sopa de água
1 gema de ovo (para pincelar a massa)

Modo de fazer:

Em uma vasilha, misturar sal, farinha e manteiga com os dedos, suavemente, até formar uma farofa. Acrescentar aos poucos a água e incorporar com os dedos até formar uma bola. Sovar por 2 minutos e colocar na geladeira por 30 minutos, coberta de papel filme. Abrir a massa em duas folhas.

Na assadeira untada, rechear com camadas de escarola, tomates, cebolas, azeitonas picadas, orégano alternativamente, polvilhando com queijo parmesão e cobrindo com a outra folha de massa.

Pincela uma gema de ovo sobre a massa.

Assar por 40 minutos ou até estar dourada.

Forno na temperatura 200º.

[1] Sobre Nossas Avós: memória, resistência e ancestralidade/org. Maria Aparecida Ribeiro. 1. ed. Campinas, SP: Pontes Editores, 2021. Crônica: Benção de Vó. OLIVEIRA, L.B.

[2] NARRATIVAS DA LIBERDADE – MARCHA DAS MULHERES NEGRAS DE SÃO PAULO. Andreia Alves (org.) Juliana Gonçalves (org.). São Paulo: Oralituras, 2021, São Paulo: Fundação Rosa Luxemburgo, São Paulo: Marcha das Mulheres Negras. Crônica: Racismo Sistêmico – 1981. OLIVEIRA, L.B.

Benção de vó

Da Vó Truda – como balbuciavam as crianças da família quando a ela se referiam, no eterno clamor – herdei:

- a matreirice inquiridora e inquisidora do olhar curioso das avós, indagando: 'já deu?!' – e ríamos juntas ante a tímida e silenciosa resposta do meu olhar
- o gosto pelo milho: me inebrio com os diversos tons do ouro curador da polenta, ornada com os nacos de frango absorvidos com o molho sublime e mágico de suas mãos; chego a sentir o sabor ao lembrar e salivo na saudade
- o amor pelas ervas: mal sabia que podia me curar tão somente com a quietude e contemplação da natureza em todos os tons e com os chás de toda sorte
- também dela, herdei o gosto pelos banhos de assento e escalda-pés com ervas diversas e a certeza de que a sabedoria dos donos da terra cura corpo e alma

- o tempo me presenteou: sou potente rezadeira como ela. Mulher de fé. Bem que me lembro de suas rezas e a imito todos os dias nas minhas orações em prol de todo mundo do mundo.

Sigo ninada com a lembrança de sua quase silenciosa Ave Maria – juro que por vezes ouço o sussurro 'Saluba Nanã'![1] Aceito e agradeço.

'A bença...' Axé!

[1] Saluba Nanã = saudação à Orixá Nanã Buruque, que por ser a mais velha dos Orixás é carinhosamente chamada de Vovó na Umbanda. A ela rogamos sabedoria, paciência no caminho da transformação e misericordioso amor.

Gaia abençoa

Quando triste... canto.

Minha voz lembra o som das raízes do meu pé adentrando na Mãe Terra

sugando a seiva curativa que explode no mar de energias

e a garganta ecoa o som do cântico de Gaia.

Minhas mãos, como que teleguiadas pelo amago d'alma, transmutam no vai e vem da maestria do entoar da minha voz – acalentam a resposta da solitária e íntima prece de socorro.

Penso que o Universo, ante a beleza da sinfonia e sintonia... aquiesce, e a brisa anuncia que Gaia me ouviu, aterrou e abençoou.

Primeira audiência – ‘tinha que ser assim’

A ficha ainda não caiu... se é que vai cair um dia! Já se passaram anos... salve o tempo! – e ainda me vêm à mente flashes e emoções da audiência! Como um filme, lentamente nenhum detalhe passa despercebido.

Numa silenciosa manhã de quinta-feira, saí. No caminho, roguei sabedoria e humildade ao ‘dono do dia’, Caçador Oxossi, e meditei sobre a brevidade da vida, me fortalecendo para a missão: representar juridicamente Mahal Faruki,[1] que vi nascer e ninei inúmeras vezes no tempo dos ensaios do bloco Ori Axé[2], na ação de Reconhecimento de Paternidade *Post Mortem*.

Saudades e tristeza transitavam em meu pensamento, até que, ‘não mais que de repente’, escutei um “crick”, sinalizando a total abertura do zíper traseiro do meu vestido!

No célere retorno ao momento presente, decidi que ‘de qualquer maneira’ a audiência iria ocorrer, improvisando um tampão traseiro com um lenço, literalmente solto pelas costas, escondendo mais ou menos a abertura.

Deveras, foi surpreendente a atitude da empata Juíza, que, quando soube do fato, pediu para eu adentrar na sala de audiências cor de rosa permeada de símbolos de paz e ofereceu-me graciosamente uma capa, se solidarizando. – "Dra. isso já aconteceu comigo!"

Agradeci recusando, envergonhada e francamente estupefata com o nobre e raro gesto, explicando que o 'jeito africano' do lenço jogado sobre o zíper aberto deu certo.

Omiti à Juíza que o rasgo foi o 'toque' do Mahal com sua presença sutil me alertando de que era tempo de colocar os pensamentos e emoções para dormir, dar início aos trabalhos jurídicos, e focar no resultado.

Durante a audiência, sua genitora, minha comadre Mãe Kika D'Bessen,[3] aventou a célebre frase: "sou bisavó solteira", o que fez com que todos gargalhassem, suavizando o momento intenso. O pedido foi deferido e a sensação do desejo do Pai Mahal cumprido nos envolveu!

Ainda me emociono ao lembrar das bênçãos e palavras proferidas por Mãe Kika d'Bessen. Olvidando sua perene dor, me presenteou com a calmaria necessária na minha primeira audiência como Advogada atuante.

Sigo grata à Ancestralidade que me guia e me cerca de 'anjos' do bem, que me conduzem à causas certeiras, em que sou instada à superação pessoal e ao exercício constante de intensa fé, rumo à plena efetivação dos nossos Direitos.

Enterneço ante à lembrança do privilégio de mediar a concretização do desejo do Mahal. Vibro e me encanto ante as bênçãos recebidas... fortalece a fé na missão.

"Tinha que ser assim"... e agradeço!

[1] Mahal Faruki, filho de Kika D'Bessen, também conhecida como Kika Silva, teve sua vida interrompida precocemente, no ano de 2017, sem conhecer seu filho que foi reconhecido *post morten*.

[2] Bloco Afro Ori Ashe – Bloco fundado por Mãe Kika D'Bessen, em 1989, no bairro do Bexiga, em São Paulo, composto principalmente por mulheres, com o objetivo de, através de manifestações artísticas, promover a divulgação e valorização da cultura negra.

[3] Kika D'Bessen – Kika Silva – é ativista dos movimentos negro e feminista. Membro e fundadora do Bloco Afro Ori Axé em 1989, militante do Partido dos Trabalhadores e da Marcha Mundial de Mulheres e minha comadre.

Sagrados encantos de Cachoeira

O Recôncavo, Procissão

A imagem vai seguindo
Entre casarões dourado-desbotados
E os milagres
(Pecados?)
Vão ficando no caminho
Como num quadro de Rony Bonn

Carine Araújo

A paisagem, tal qual filme do oeste americano, surge como 'um presente'. As favelas da zona metropolitana de Salvador desaparecem e surgem colinas, plantações de bambu, palmeiras e eucaliptos, abençoados por nuvens brancas no céu azul de brigadeiro.

Ao redor das colinas, estrada com ambulantes e suas bananas e doces típicos; deliciosas tavernas quase primitivas e velhas roças ao fundo. E... não mais que de repente, surge um arco contra o céu, anunciando

"Cachoeira Heroica e Monumento Nacional", tão bela que proclamada foi Patrimônio Imaterial desde 2010. Imponente e bucólica Cachoeira, heroica pela participação nas lutas da independência, histórica pelo patrimônio, praças, igrejas, casario barroco, fachadas coloridas desembocando no mágico Rio Paraguaçu.[1]

Um de seus encantos é a mágica e majestosa Ponte D. Pedro II, ponto de união com a vizinha São Félix. Cortando o Rio, com suas colunas de ferro vazadas e dispostas em X; seus dormentes soltos onde repousam os trilhos, tremem e vibram ao menor sinal de veículo e com a passagem imponente dos trens. Diz a lenda, que o tremor assombra forasteiros desprevenidos, quem o sabe? Só sei que se estende como renda fina estirada e parece abrigar o sobrenatural. Inspira o amor.

No entardecer dourado, o caudaloso e largo Rio, nos encanta enchendo olhos, corações, aquietando a alma. Imagens de casas encravadas com luzes coloridas e reluzentes aos pés do imponente Mirante, surgem no seu leito espelho d'água. Torres de igreja e casas à margem lembram cenário de postal, onde a vida passa devagar, tão malemolente quanto o sotaque baiano.

Todo agosto, Cachoeira floresce para celebrar a Nossa Senhora da Boa Morte, manifestação que representa a ancestralidade dos povos africanos e libertos do Recôncavo. Em rituais ancestrais, surge a Irmandade da Boa Morte, 'primeira organização feminista negra', que em diálogo multirreligioso, organização, luta e resistência, preserva os valores e tradições africanas.[2]

Outrora, o movimento surgiu das mobilizações das Guerreiras Irmãs, que se aproximaram da Igreja, construindo uma identidade afrocatólica, e fundando uma Irmandade com o empenho de alforriar negros escravizados e fugidios. Para preservar sua identidade e fugir de árduos castigos e punições impostos pela Igreja, irmãs, mães e esposas dos escravos fugidos, rogavam a intercessão de Nossa Senhora da Boa Morte, pelo fim da escravidão e sofrimentos. Espírito de luta também exercido por Maria Quitéria, brava Guerreira, que como 'soldado' Medeiros', envergando vestes masculinas, lutou bravamente junto com os voluntários do príncipe D. Pedro, ganhando a insígnia de Cavaleiro Imperial da Ordem do Cruzeiro.[3]

Permeadas pela fé e celebrando a 'boa vida', as celebrações litúrgicas e sincréticas da Nossa Senhora da Boa Morte duram três dias em datas móveis.

No primeiro dia, a celebração se inicia com procissão, levando o corpo da Santa pelas ruas da cidade após liturgia na Capela, enaltecendo a luta e resistência da mulher na busca da força interior e fé, para uma 'boa vida' e 'boa morte'. Na missa pelas irmãs falecidas entre cantos e orações, (... "nos céus com a minha mãe estarei...") é salientado o desapego, 'devemos dar boa morte', ao que não mais nos pertence e ao que nos oprime.

No segundo dia, "dormição" de Nossa Senhora, na missa de corpo presente a prece ecoa na alma... "É teu também nosso coração. Aceita, Senhor, *a nossa oferta, que será depois, na certa, o teu próprio ser"*. Ao final da liturgia e do mantra sagrado, em passos silenciosos como prece, a multidão percorre ruas da cidade guiada pela luz das velas carregadas pelo séquito da Irmandade.

Encerrando as celebrações sagradas, no terceiro dia, dedicado à Assunção de Nossa Senhora de Glória, após a alvorada, a igreja Matriz fica em festa. Inundada pela egrégora de luz, esperança, gratidão e 'fé no que virá', a multidão após a missa percorre as ruas da cidade louvando a Nossa Senhora, sob o rufar da centenária e garbosa Filarmônica Minervina Cachoeirana.

Quiçá, na passagem, o mimo de um leve toque no andor da Santa, captando com a fé e com as mãos as bênçãos para o porvir...

A frente, seguem as Irmãs Guardiãs do caminhar onde cada esquina recorda e abriga silenciosa, lutas, 'memórias embaladas pelo vento, em cantos torsos de oitizeiros do Faquir.'[4]

E ao final do dia, as Irmãs com "roupa de baiana"[5] celebram com alegria de Nossa Senhora, abrindo o samba de roda no alto da Capela da Ajuda. Como nos versos da poetisa santamarense "*dançando e cantando como aos vinte anos e... não nos deixando lembrar que fizeram oitenta*".[6]

Os Sagrados Encantos de Cachoeira nos deixam em perene estado de poesia e graça. Contemplar o Rio Paraguaçu ao som do silêncio interno, abstraindo olhar e mente no sábio vai e vem das águas, humildemente nos faz refletir sobre a fé. Peregrinar com passos leves, como prece, suas árduas ladeiras e caminhos, quase sempre tortuosos, nos preenche com a concretude do pertencimento.

E, ao entoar coletivamente os cânticos – linguagem de fé e esperança, lá vai nosso espírito aos céus com intensa gratidão pela Encantada Egrégora – eis os Sagrados Encantos de Cachoeira!

Voltarei, tenho fé!

[1] Cachoeira, cidade do Recôncavo baiano, proclamou D. Pedro como regente do Brasil, um marco na libertação do jugo português. O povo combatente e negro de Cachoeira rechaçou às pretensões portuguesas em submeter o povo baiano, e impôs derrota à barca lusitana, proclamando D. Pedro como Príncipe Regente. A vila foi foco de lutas armadas contra os portugueses pela Independência do Brasil. Historicamente, Cachoeira foi a pioneira no movimento emancipador do Brasil, momento embrião na libertação do jugo português.

[2] A Irmandade da Boa Morte é uma confraria religiosa afro-católica brasileira constituída apenas por mulheres negras que organiza a Festa da Boa Morte. https://www.geledes.org.br/irmandade-da-boa-morte-g1-conta-historia-da-festa-secular-do-reconcavo-que-resiste-ao-tempo/.

[3] Maria Quitéria, juntamente com Sóror Joana Angélica de Jesus, João Francisco de Oliveira (João das Botas) e Maria Felipa de Oliveira, tiveram seus nomes incluídos no Livro de Heróis e Heroínas da Pátria, reconhecendo-os como Heroínas e Herói da Independência da Bahia.

[4] SANTOS, Edmar Ferreira. Poeta e escritor. *Segredos de Agosto*, poesia negra. 2009 (Oitizeiros do Faquir. Menção às lendárias árvores da Praça do Faquir, próxima à orla de Cachoeira).

[5] Bata branca, saia colorida, turbante e pano da costa.

[6] Veloso, Mabel. *Pedras de Seixo*. Salvador: Ed. Bigraf, 1980. p.136.

Quem me livra da mandinga é a figa de guiné[1]

Idos dos anos 1980. Efervescia Salvador: Roma Negra! O grito de liberdade ecoava embalado pela simbiose movimento negro e cultura dos blocos afros, mantenedores de alegria, beleza africana e axé de resistência e luta.

Cheguei no chão sagrado. Encantei-me com o axé e a beleza da cidade. Emocionei-me ante ao brilho do sol, a cada pôr do sol e a cada luar no mar grande. Caminhei ante às ladeiras atônita a cada surpresa ao virar as esquinas. Posto 'aprendiz', a profusão de igrejas só aumentou meu desejo de agradecer e de fusão com a espiritualidade.

Maravilhei-me! Nunca dantes tinha visto tantos negros. Inevitável a tristeza, ao perceber a notória desigualdade racial, porém 'se espelhar' na rua, nas praças, no mercado, nas vendas, no ônibus, sempre era motivo de alegria e orgulho. Entrementes, apesar de extasiada e alegre, tão logo me senti enfraquecida, com intensos bocejos a toda hora e intensa fadiga. O subir das ladeiras me deixava cansada e o barulho da cidade me aborrecia.

E, não mais que de repente, fui levada pela mão de uma amiga irmã, à Mãe Stella, majestosa Filha de Ode Kayodé – Caçador que traz alegria.[2]

Me vi ante a Senhora, "prudente e forte, flexível e intransigente, capaz e firme, sentada no trono que já lhe era devido por destino e por escolha",[3] certeira como a flecha de nosso Pai Oxóssi. Daí então, a Divina Mãe Stella, carinhosa e dialeticamente questionou meu "espírito de procura". Observou que eu tudo olhava, tudo captava, tudo absorvia, atraindo curiosidade intensa, porém nem sempre benéfica, o que parecia estar acontecendo no momento.

Admoestou-me acerca do respeito à ancestralidade, aconselhando o abaixar leve, sutil e humilde da cabeça em sinal de respeito, ante olhares de toda sorte. Extasiada e atônita, como em sonho, ouvi a Mãe confirmar meu Ori, antevendo caminhos abertos. A cereja do bolo foi 'ouvir o conselho para a vida':

'Abaixe o olhar e cruze os dedos' – foi a sua advertência final, ensinando o respeito ante o sagrado, bem como a proteção através do cruzar dos dedos. O mudra[4], tal e qual a 'figa de guiné' (símbolo de proteção contra espíritos e energias negativas, trazido por povos africanos que viviam em Guiné-Bissau), serve como amuleto e ajuda contra as energias e forças do mal, garantindo proteção.

— "Sempre se poste de uma forma gentil e respeitosa, abaixe o olhar e sutilmente cruze os dedos, sempre que sentir-se alvo de olhares curiosos e/ou de uma energia que não é bem-vinda", repetiu a Deusa.

Levo os conselhos para a vida. Não mais esqueci de fazer o mudra de proteção, bem como de reverenciar respeitosamente 'o que não se vê'!

Sigo cruzando os dedos, saudando a força sagrada, e me protejo com gestos que contemplam a saudação ao Exu: dedos entrelaçados e palmas das mãos apontadas para o chão, para ativação da energia telúrica, que faz parte desse mistério, como fechamento do corpo contra energias ruins.

Desde então, não mais bocejei à toa e segui feliz, faceira e vivaz no sobe e desce das ladeiras intermináveis, nas lavagens e feiras cantarolando a canção... "para toda falta de sorte, figa na mão, coragem nos pés e fé no coração".[5]

Obrigada, Mãe Stella, por me permitir viver sua existência, captar seus ensinamentos para a vida e me ensinar que nosso tempo é agora.

[1] Música 'Figa de Guiné' – Samba de Nei Lopes e Reginaldo Bessa.

[2] Cleidiana Ramos, Jornalista, Professora, Dra. em Antropologia, Mestra em Estudos Étnicos e Africanos – Flor de Dendê, jan. 2019.

[3] Filha de Oxóssi, Mãe Stella é descrita por Jorge Amado, em Bahia de Todos os Santos, como "prudente e forte, flexível e intransigente, capaz e firme, sentada no trono que já lhe era devido por destino e por escolha." Oxóssi, segue Jorge, "Deus da caça, das úmidas florestas, com o ofá (arco e flecha) abate os javalis, as feras, é o invencível caçador".

[4] Mudras são o segredo da saúde em nossas mãos e dedos, são usados para evocar na mente ideias que simbolizam os poderes divinos ou as próprias divindades. Nossas mãos são o departamento de controle de saúde de nosso corpo. Elas emitem a energia dos nossos chacras, energias divinas e purificadoras. Com as mãos, transferimos energia para qualquer lugar, mesmo que distantes fisicamente de nós, energias que poderão nos ajudar a buscar o que queremos, a proteger-nos do mal, proteger-nos de forças espirituais hostis, equilibrando a energia entre nossos chacras e órgãos e curando-os de possíveis males.

[5] Música *Figa* – Grupo Fala Mansa.

Posfácio

Lazara Carvalho[1]

Numa tarde de agosto, ela chegou. Usava um lenço em um tom cinzento, que combinava perfeitamente com seus lindos cabelos grisalhos. Olhar inquieto e intrigante!

Discreta, quase misteriosa. De uma lucidez sagaz, forte, mas doce, frágil e inquebrável. Mesmo no meio do burburinho das pessoas naquele salão, capturou minha alma e meu olhar. E é assim, ainda hoje, toda vez que a ouço me vejo presa a cada palavra, viajando fora da linha do tempo pela fúria e pela calmaria de suas ideias, que se derramam em páginas e mais páginas de seus geniais escritos.

Com seus textos mágicos, me pega pela cabeça e pelo coração. Ela que é minha imagem arquetípica de sabedoria e sedução. Logo que às mulheres sempre se exigiu a sacralidade, ela me oferece um novo sentimento sobre o feminino, tornando-o atemporal.

[1] Lazara Carvalho é mãe, advogada, professora, pesquisadora de Comunicação Não-Violenta, especialista em Educação em Relações Étnico-Raciais.

Já disse a ela, que é uma das mulheres mais sensuais que já vi na vida. Sensualidade fluida, gentil, leve e penetrante como as águas de uma corredeira em calmaria. Seus gestos, o movimentar de suas mãos, a firmeza de seu caminhar, a altivez de seus ombros e a integridade do som aveludado de sua voz, que sempre tem um tom melódico de rouquidão.

Tudo nela é uma história! Um livro cujas páginas se renovam e se reinventam, arejando meus olhos atentos – sempre encantados em observação.

Em algum momento contrai dela essa "coisa inquieta", que só acalma quando desliza do coração até a ponta do lápis, para a qual a ciência não apresenta explicação, mas Conceição, em sua sabedoria, chamou escrevivência.

Por causa dela, comecei a escrever!

E nessas poucas linhas que lhe dedico, quero que saibas, minha mestra e amiga, que és para mim a melhor tecnologia ancestral.

Minha querida LENNY.